COISAS QUE O POVO DIZ

LUÍS DA CÂMARA CASCUDO

COISAS QUE O POVO DIZ

São Paulo
2009

©Anna Maria Cascudo Barreto e
Fernando Luís da Câmara Cascudo, 2005

1ª Edição, Edições Bloch, 1968
2ª Edição, Global Editora, São Paulo 2009

Diretor Editorial
JEFFERSON L. ALVES

Gerente de Produção
FLÁVIO SAMUEL

Coordenadora Editorial
DIDA BESSANA

Assistentes Editoriais
ALESSANDRA BIRAL
JOÃO REYNALDO DE PAIVA

Revisão
ANDRESSA BEZERRA DA SILVA
PATRIZIA ZAGNI

Foto de Capa
RENATA MELLO/OLHAR IMAGEM

Capa
REVERSON R. DINIZ

Editoração Eletrônica
ANTONIO SILVIO LOPES
DANIELA LOPES FERREIRA

Dados Internacionais de Catalogação na Publicação (CIP)
(Câmara Brasileira do Livro, SP, Brasil)

Cascudo, Luís da Câmara, 1898-1986.
   Coisas que o povo diz / Luís da Câmara Cascudo.
– 2. ed. – São Paulo : Global, 2009.

   ISBN 978-85-260-1071-0

   1. Folclore – Brasil 2. Mitologia – Brasil I. Título.

09-00989   CDD–398.0981

Índices para catálogo sistemático:

1. Brasil : Mitos populares : Folclore   398.0981

Direitos Reservados

**GLOBAL EDITORA E
DISTRIBUIDORA LTDA.**

Rua Pirapitingui, 111 – Liberdade
CEP 01508-020 – São Paulo – SP
Tel.: (11) 3277-7999 – Fax: (11) 3277-8141
e-mail: global@globaleditora.com.br
www.globaleditora.com.br

Obra atualizada conforme o
Novo Acordo Ortográfico da Língua Portuguesa

Colabore com a produção científica e cultural.
Proibida a reprodução total ou parcial desta obra
sem a autorização do editor.

Nº DE CATÁLOGO: **2732**

Sobre a reedição de Coisas que o Povo Diz

A reedição da obra de Câmara Cascudo tem sido um privilégio e um grande desafio para a equipe da Global Editora. A começar pelo nome do autor. Com a concordância da família, foram acrescidos os acentos em Luís e em Câmara, por razões de normatização bibliográfica.

O autor usava uma forma peculiar de registrar fontes. Como não seria adequado utilizar critérios mais recentes de referenciação, optamos por respeitar a forma da última edição em vida do autor. Nas notas foram corrigidos apenas erros de digitação, já que não existem originais da obra.

Mas, acima de detalhes de edição, nossa alegria é compartilhar essas "conversas" cheias de erudição e sabor.

Os editores

Ao Padre Jorge O'Grady de Paiva,
amigo-amigo,
dedico.

*Je rends au public ce qu'il m'a prêté;
j'ai emprunté de lui la matière
de cet ouvrage.*
La Bruyère

SUMÁRIO

Prefácio 13
1. Voz do povo, voz de Deus 15
2. Macaco velho não mete a mão em cumbuca 20
3. Festa de pobre é bucho, festa de rico é luxo 23
4. Quem empresta nem para si presta 27
5. Lagartixa de ouro 30
6. São outros quinhentos! 33
7. Arrancar a máscara 34
8. A hora do meio-dia 35
9. A lição da barata 38
10. Dormir na igreja 39
11. Primeiro dia do ano 42
12. Estirar a língua 45
13. Horas abertas 49
14. A "ovelha negra" 51
15. Emprenhar pelos ouvidos 54
16. Cruzar as pernas 57
17. Bodes, cabras e cabritos 60
18. Frei Antônio das Chagas no folclore brasileiro 63
19. Vassoura atrás da porta 65
20. Casas encantadas 67
21. Sua Alteza, o gato 71
22. Espia-caminho 74
23. Conceito popular de ofensa física 75
24. Está frito! 78
25. Estória de Trancoso 79

26. Correr com a sela	81
27. Candeia às avessas	83
28. Ficou com a calva à mostra	84
29. Pagar com palmo de língua	85
30. As antigas saudações populares	86
31. Sua Excelência, o cachorro	89
32. É um alho!	93
33. Quem mente se engasga	95
34. Promessa de três gritos	96
35. Desejo de mulher grávida	97
36. Mente por todos os dentes	100
37. Puxar a orelha	101
38. Não meto a mão no fogo	102
39. Três cigarros no mesmo fósforo	103
40. Arrepio, passagem da morte	105
41. A luz no chão	107
42. Quatro superstições inabaláveis	108
43. Chocando com os olhos	112
44. É da pontinha!	114
45. Borboleta agoureira	117
46. Beber sobejo	120
47. Deu no vinte!	121
48. Pedra de escândalo	122
49. Tem caveira de burro!	123
50. Gato amarrado	124
51. Quem nasceu cego da vista...	126
52. Atirei um limão verde...	128
53. Aves e pássaros de agouro	132
54. Hurra!	141
55. Tirar o roço e baixar a trunfa	143
56. Urubu-rei come sozinho!	144
57. Notícia folclórica do preá	145
58. Os motivos da gaita	147
59. Filhos das ervas e filho da folha	148
60. Papa-jerimum	149

Prefácio

> A verdade popular
> Nem sempre ao sábio condiz,
> Mas há verdade serena
> Nas coisas que o povo diz.
>
> *Adelmar Tavares (1888-1963)*

Rio de Janeiro. Setembro de 1938. Estou na Capital Federal, com minha mulher, hóspedes do Liceu Literário Português, nas festas da inauguração de sua nova sede.

Encontro na Livraria Briguiet o poeta Adelmar Tavares. Abraços. Acusações mútuas. Saímos juntos para a Avenida Rio Branco. Brahma. Tomo um chope e Adelmar um guaraná. Confidências. Planos.

– Que é que você está fazendo agora? – pergunta.

– Estou batendo um cartapácio sobre *Civilização e cultura*, depoimento de velho professor jagunço na Etnografia Geral. Penso, de permeio, escrever um livro de repouso no plano dos conceitos da cultura popular, nem sempre de acordo com a ciência oficial. Você sabe que há sempre verdade nas coisas que o povo diz...

Adelmar sorri. Retira do bolso dois quilos de papel amarrotado. Escreve sem deixar de conversar. Na saída entrega-me uma trova, funcionalmente inédita, que leio, emocionado. Lembrança do encontro.

Nunca mais o vi.

13 de outubro de 1964. Viajo num automóvel com minha mulher e os dois filhos para o Ceará-Mirim. Vou passar o dia na Usina S. Francisco, dos amigos Antonieta e Luís Lopes Varela.

Enquanto rodamos, meu filho Fernando Luís, portador do convite para este livro, insiste na proposta. É delegado de Bloch Editores. Os diretores são amigos pessoais. Acabo rendido. Falta o título do futuro livro. Os que sugiro são recusados. Não são claros, compreensivos, comerciais. Propõe: *Coisas que o povo diz*. Anna Maria aprova. Minha mulher concorda. Vá lá. *Coisas que o povo diz*!

Mês depois, folheando o *L'ile des pingouins*, de Anatole France, comprado na Briguiet, há vinte e seis anos passados, encontro a trova de Adelmar Tavares. E o verso profético: – *Coisas que o povo diz...*

Resolvo abrir o novo livro com essa trova. Recordação, saudade, homenagem ao amigo morto.

Não haverá melhor prefácio.

Reúno aqui pesquisas e notas sobre a cultura popular brasileira. Notas pequeninas, resumindo as deduções dispensáveis e longas. Pesquisas um tanto mais alentadas, para a exposição necessária à própria valorização do assunto. Podia indicar o *Dicionário do folclore brasileiro* como suficiente fonte de informação se o tempo não trouxesse ao raciocínio pessoal as modificações que a observação capitaliza.

Uma interpretação não é uma atitude imóvel e definitiva, como é possível nas artes plásticas. A vida aviva, apaga, retifica, substitui o que julgávamos permanente na hora da elaboração. Quando um pesquisador da cultura humana cristaliza conceitos e opiniões em livros que ficam valendo os pontos cardiais, para mim, professor de Província, apenas finca um marco para que se vá medindo as distâncias contemporâneas das derivas. O que era terra, é mar e onde quebravam as ondas está uma cidade.

Assim, *Coisas que o povo diz* é um passeio através das ideias populares, comuns e naturais, recolhidas por mim na obstinação de tantos anos de simpatia. A maneira de expor e concluir, como andamento em música lida ao piano, corre por conta do ocasional intérprete. Rara e realmente sabemos do espírito popular em sua intimidade criadora ou conservadora, ignorando o critério da seleção sobrevivente, a razão de ser, recôndita e poderosa. Como dizem em Luanda, *o muenbu uala moxi a mutu*, a alma está dentro da pessoa. O mensageiro não é, espiritualmente, o mandante. Faz de conta.

Luís da Câmara Cascudo

Av. Junqueira Aires, 377
Natal – RN

1

VOZ DO POVO, VOZ DE DEUS

O vox populi, vox Dei parece referir-se à opinião pública, ao consenso da cidade, unânime ou em maioria decisiva num determinado julgamento. Vale a sentença ditada pela coletividade.

Creio tratar-se de outra origem, mais diretamente ligada a um processo de consulta divina, sendo o povo o oráculo, a pítia da transmissão.

Hermes, o Mercúrio de Roma, possuía em Acaia, ao norte do Peloponeso, um templo onde se manifestava, respondendo às consultas dos devotos pela singular e sugestiva fórmula das *vozes* anônimas. Purificado o consulente, dizia em sussurro ao ouvido do ídolo o seu desejo secreto, formulando a súplica angustiada. Erguia-se, tapando as orelhas com as mãos, e vinha até o átrio do templo, onde arredava os dedos, esperando ouvir as primeiras palavras dos transeuntes.

Essas palavras eram a resposta do oráculo, a decisão do deus. *Vox populi, vox Dei*, na sua expressiva legitimidade.

Teófilo Braga expõe a superstição em Portugal: "A voz humana tem poderes mágicos; um feiticeiro: – Para saber se uma pessoa era morta ou viva, dizia à janela: – Corte do Céu, ouvi-me! Corte do Céu, falai-me! Corte do Céu, respondei-me! Das primeiras palavras que ouvia na rua acharia a resposta" (*Sentenças das inquisições*, ap. Boletim da Soc. de Geografia). Na Foz do Douro, costumam as mulheres *andar às vozes* para inferirem pelas palavras casuais que ouvem do estado das pessoas que estão ausentes. D. Francisco Manoel de Melo, nos *Apólogos dialogais (mais precisamente no Relógios falantes, 24 da edição brasileira de 1920)*, refere esta superstição: "e com o próprio engano com que elas traziam a outras cachopas do São João às quartas-feiras, e da Virgem do Monte às sextas, que vão mudas à romaria, *espreitando o que diz a gente que passa*; donde afirmam que lhes não falta a resposta dos seus embustes, se hão de casar com Fulano ou não;

e se Fulano vem da Índia com bons ou maus propósitos; ou se se apalavrou lá em seu lugar com alguma mestiça filha de Bracmene". As vozes também se escutam da janela e a pessoa que se submete a esta sorte prepara-se com esta oração:

> Meu São Zacarias,
> meu santo bendito!
> foste cego, surdo e mudo,
> tiveste um filho
> e o nome que lhe puseste João:
> Declara-me nas vozes do povo se eu...

Da Ilha de São Miguel, escreve Arruda Furtado (*Materiais para o estudo dos povos açorianos*, 42): "Quando qualquer pessoa quer saber notícias que lhe hão de vir de um amante, vai de noite num passeio até o adro da igreja em que está o Santo Cristo, rezando umas contas e com outra pessoa atrás para ir ouvindo melhor o que se diz pelo caminho e dentro das casas, e isto sem que nenhuma delas diga uma só palavra. Quando voltam, vêm combinando o que ouviram e dali concluem que novas hão de vir" (*O povo português* etc., II, Lisboa, 1885).

J. Leite de Vasconcelos (*Tradições populares de Portugal*, Porto, 1882) registrara identicamente. Quando se quer saber qualquer coisa, chega-se à janela, à hora das trindades (outros dizem que a qualquer hora) e diz-se: "Meu São Zacarias, meu santo bendito! foste cego, surdo e mudo, tiveste um filho e o nome que lhe puseste João: Declara-me nas vozes do povo se eu..." (formula-se aqui o que se deseja saber). Em seguida correm-se às ruas, sem parar, recolhendo-se os ditos que se ouvem, e aplicando-os ao fim, no que eles têm de aplicável. A fórmula diz-se três vezes, e a cerimônia dura três noites seguidas (Minho). No Porto, antes de se correrem às ruas, vai-se rezar à Senhora das Verdades (ao pé da Sé), e enquanto anda pelas ruas, não se fala com ninguém. A isto se chama *ir às vozes*. (O Sr. Martins Sarmento, que me deu a informação do Minho, acrescentou-me: cf. *Vox populi, vox Dei*.)

No Brasil as *vozes* são especialmente dedicadas a Santa Rita. O Barão de Studart escreveu sobre essa superstição: "Para adivinhar o futuro, reza-se o Rosário de Santa Rita, ao mesmo tempo que se procura ouvir na rua ou da janela a palavra ou frase que será a resposta ao que se pretende saber. Reza-se o Rosário de Santa Rita, substituindo-se os Padre-Nossos do rosário comum pelas palavras: 'Rita, sois dos Impossíveis, de Deus muito estimada, Rita, minha padroeira, Rita, minha advogada', e substituindo as Ave-Marias pelo estribilho: 'Rita, minha advogada'" (*Antologia do folclore brasileiro*).

O Dr. Getúlio César testemunhou a contemporaneidade da crendice no Ceará: "No Ceará, na cidade de Granja, em uma noite de lindo plenilúnio, minha atenção foi desviada para uns grupos de senhoras que passeavam pelas ruas, aproximando-se silenciosamente das pessoas que palestravam nas calçadas. Procurando saber do que se tratava, o hoteleiro me explicou: – São pessoas que desejam saber notícias dos parentes distantes, no Amazonas. Fazem oração (o Rosário de Santa Rita) e esperam ouvir dos que conversam a resposta desejada. Um *pode ser, talvez, nunca, muito breve, sim, não* etc., são palavras e frases que vêm dar respostas à pergunta que fizeram quando rezavam o rosário. Afirmam ser isso positivo e recorrem ao rosário com absoluta confiança. As senhoras quando querem ter uma resposta segura para algum casamento em perspectiva ou demorado, ou quando desejam saber notícias de alguém que longe está, lançam mão do recurso fácil e positivo: o Rosário de Santa Rita. E, assim, nas noites escolhidas, de ordinário ao luar, porque há muita gente passeando pelas ruas, saem elas em grupos silenciosos, rezando em um rosário. Nos Padres-Nossos dizem: – Minha Santa Rita dos Impossíveis, de Jesus muito estimada, sede minha protetora, Rita, minha advogada: valei-me pelas três coroas com que fostes coroada, a primeira de solteira, a segunda de casada, a terceira de freira professa, tocada de divindade. E nas Ave-Marias: – Valei-me, Santa Rita do meu amor, pelas cinco chagas de Nosso Senhor. Uma palavra qualquer dita por alguém que passa e que tinha uma ligeira conexão com o assunto da pergunta feita será, como atrás dissemos, a resposta que pode trazer tristeza ou alegria, mas que será recebida como se fosse uma mensagem celeste" (*Crendices do Nordeste*, Rio de Janeiro, 1941).

Durante meu curso de Direito no Recife, 1924-1928, ouvi inúmeras vezes alusões às *vozes* e à eficácia das consultas. As igrejas mais preferidas eram São José de Ribamar e Santo Antônio. Rezavam, ignoro se o Rosário de Santa Rita ou se a Salve-Rainha até o *nos mostrai*, diante dos altares e saindo procuravam ouvir uma palavra dita por um transeunte, aplicando-a à pergunta mental que se fizera. A denominação é a mesma: – *ir às vozes, consultar as vozes*, ouvir as vozes. Era comum e natural. A dona da pensão em que me hospedara na Rua do Imperador era devota. Ia sempre a São José de Ribamar, ficando no adro, à espera das vozes anônimas do povo.

O Prof. Raffaele Castelli menciona a mesma superstição na Itália, notadamente na Sicília. A mãe da noiva, depois de orar, oculta-se detrás de uma porta de igreja e a primeira palavra ouvida é a resposta sobre o futuro da filha.

Em Palermo algumas igrejas eram populares por essa tradição. Uma reminiscência clássica, que indica a persistência do costume, ocorre decisivamente na vida de Santo Agostinho (354-430), quando professor de retórica em Milão. Debatia-se numa crise espiritual, passeando num jardim. "Estando nisto, ouvi uma voz da casa que estava ali perto, como se fosse não sei se de menino ou menina, com uma canção que dizia, e repetia muitas vezes: – *toma, lê, toma, lê*; e eu, mudado o rosto, entre a considerar se porventura os meninos costumavam cantar semelhante cantiga em algum jogo; e não me lembrava de a ter ouvido em parte alguma; e reprimindo o ímpeto das lágrimas, me levantei, não entendendo ser me mandada outra coisa divinamente, senão que abrisse o livro e lesse o primeiro capítulo, que se me oferecesse" (*Confissões*, livro VIII, cap. XII). Leu então a Epístola de São Paulo aos Romanos e converteu-se. A voz anônima cantando o *tolle, lege, tolle, lege* fora aviso celestial.

Dessa antiguidade de aplicar as vozes aos fatos imediatos e pessoais, há delicioso registro do *¿Don Quijote de la Mancha* (II, LXXIII): "*A la entrada del cual, según dice Cide Hamete, vió Don Quijote que en las eras del lugar estaban riñando dos muchachos, y el uno dijo al otro: – No te canses, Periquillo, que no la has de ver en todos los días de tu vida. – Oyólo Don Quijote, y dijo a Sancho: – ¿No adviertes, amigo, lo que aquel muchacho ha dicho: 'no la has de ver en todos los días de tu vida?'. – Pues bien: ¿qué importa – respondió Sancho – que haya dicho eso el muchacho? – ¿Qué? – replicó Don Quijote – ¿No ves tú que aplicando aquella palabra a mi intención, quiere significar que no tengo de ver más a Dulcinea?*". Do século XV é o depoimento da velha Celestina, provecta alcoviteira, enumerando entre os bons agouros deparados quando ia para casa da moça Melibeia: *¡La primera palabra que oí por la calle fué de achaque de amores!*" (*La Celestina*, ato IV).

Há na noite de São Pedro (29 de junho) a famosa *Adivinhação de São Pedro*, que é uma consulta às vozes. Passa-se um copo de água pela chama da fogueira, reza-se: "Pedro, confessor de Nossa Senhora, Jesus Cristo, Nosso Senhor vos chamou e disse: – Pedro, tomai estas chaves do Céu, são vossas! Por elas vos rogo, glorioso São Pedro, que se isto tiver de acontecer (faz-se o pedido) três anjos do Céu e três vozes do mundo digam três vezes: Amém! Amém! Amém! Não tendo de acontecer, três vozes do mundo digam três vezes: – Não! Não! Não!". Fica-se com água na boca, numa janela ou porta, esperando a resposta das vozes da rua.

Em Portugal, pelas festas do Natal, com água na boca, aguardam, atrás duma porta ou janela, o nome do futuro esposo. No Brasil, há semelhantemente durante o São João.

Cervantes registra o mesmo na comédia *Pedro de Urdemalas* (1610-
-1611), fazendo-o declamar:

> *Ha de esperar hasta el día.*
> *señal de su casamiento;*
> *sé tú primero en nombrarte*
> *en su calle, de tal arte,*
> *que claro entienda tu nombre.*

Certamente esse processo de consultar a vontade divina através das vozes dispersas da multidão podia ter determinado a frase *Vox populi, vox Dei*, lembrada por Martins Sarmento, o grande arqueólogo de Guimarães, e não a indeterminada convergência intemporal da opinião pública. A voz do povo é a voz de Deus, o Deus dos cristãos, como o fora de Hermes ou Mercúrio, agora na intenção das fórmulas rogativas de Santa Rita dos Impossíveis, ou do profeta Zacarias, ou do apóstolo São Pedro. O oráculo de Acaia é a mais antiga forma dessa técnica.

Consulta-se a Deus e o Povo responde, transmitindo a mensagem. Voz do povo, voz de Deus, evidentemente nessa acepção.

2

MACACO VELHO NÃO METE
A MÃO EM CUMBUCA

*E*ste ditado, Couto de Magalhães citou-o em nhengatu, explicando: "Entre outros (anexins), citarei o seguinte, que é muito vulgar em todo o Brasil; quando se quer dizer que é muito difícil iludir e enganar ao homem experiente, diz-se no interior: 'Macaco velho não mete a mão na cumbuca': é um anexim tupi; eu o encontrei, até rimado, e diz assim: *macáca tuiué inti omumdéo i pó cuiambuca opé*, anexim que é *verbum ad verbum*, o mesmo de que nos servimos em português".

Do Brasil, viajou para Portugal, onde não há cumbuca. "Macaco velho não mete a mão na cumbuca"; Pedro Chaves, *Rifoneiro português* (Porto, 1945). Afrânio Peixoto (*Miçangas*, Rio de Janeiro, 1931) comentou: "O provecto, que não mete a mão no cabaço, como se diria à portuguesa, tem duas explicações. A mais geral é se poder pegar um macaco inesperto, colocando uma espiga de milho dentro de um coco ou cabaça vazia: bugio que aí meter a mão, e apreender a presa, não abrirá mais uma nem soltará a outra ficando prisioneiro: coisa que o macaco velho não faz, desconfiado das cumbucas. Outra explicação diz que, nestas tais, podem aninhar-se víboras e cobras, que picam a mão dos inexperientes indiscretos".

Este provérbio pareceu-me de origem literária e não fixando um fato verídico. Jamais macaco brasileiro meteu a mão em cumbuca. Nunca passou pela cabeça dos caçadores indígenas tal armadilha à gulodice simiesca. Não existe registro dessa esparrela em fonte impressa de qualquer tempo. O provérbio é conhecido e o motivo ninguém viu. Debalde pesquisei nos livros e nas conversas cinegéticas com profissionais. Parentes meus haviam trabalhado anos e anos no interior do Amazonas, Pará, Acre, *cortando borracha*, vivendo em acampamentos, barracões improvisados no meio da mata. Sabiam caçar e pescar com os amerabas. Não havia a mais leve notícia do emprego da cumbuca para agarrar macacos.

    Em compensação, os exemplos literários são abundantes e alguns antiquíssimos. George Laport recolheu uma variante Bélgica, *Le folklore des paysages de Wallonie* (Helsinque, 1929). O judeu Eleazar, voltando de Jemelle para Rochefort, passou nas proximidades de um cadafalso de onde pendiam dois enforcados. Ouviu um dizer ao outro que no *trou* Maulin havia um vaso cheio de ouro e pedras preciosas. Eleazar voou para Maulin e na entrada da caverna percebeu rumores de cachoeiras, ventos, tempestades, gritos de multidão em cólera. Entrou na gruta e encontrou o vaso, repleto de preciosidades, mas com o gargalo tão estreito que apenas permitia a passagem da mão nua. Mergulhou o braço nas joias e moedas de ouro, agarrando-as, mas o vaso começou a descer, atraído por força irresistível sem que o judeu largasse a riqueza empalmada. Gritavam: – *Lache ces richeses, tu pourras retirer ta main et t'en aller!*, mas Eleazar não queria abandonar a presa cobiçada. O vaso desapareceu no abismo e o judeu com ele.

    René Basset (*Mille et un contes, récits & légends arabes*, I, Paris, 1924) transcreve um episódio de *Nozhat El Obadã*, resumido por Hammer, constando uma aventura de Djâh'izh na cidade dos H'ims. Encontrou-a revolta pela inquietação coletiva. O filho do emir, filho único, metera a mão num vaso chinês para apanhar nozes e amêndoas e não podia retirá-la sem deixar os frutos. O suplício durava horas e já pensavam em cortar o braço do menino. Todos choravam de desespero. Djâh'izh convenceu o príncipe a soltar as nozes e amêndoas, dando-lhe depois tudo quanto o vaso contivesse. Tal ocorreu e foi considerado salvador, acumulado de presentes ricos e de aplausos pela inteligência incomparável.

    Há uma variante num texto chinês, o *Po-Yer-King*, traduzido do sânscrito de Sanghasina, em 492, pelo religioso hindu Kiéounap'iâ-li (Gunavriddhi), em que um camelo meteu a cabeça num vaso de cereais e para libertá-lo deceparam-na. Chavannes, *Cinq cents contes et apologues tirés du Tripitaka chinois* (II, Paris, 1911), repete-a. Swynnerton, *Indian night's entertainments* (Londres, 1892), dá uma versão hindu em que uma ovelha não conseguiu soltar a cabeça metida numa jarra com manteiga.

    A fonte original e longínqua encontra-se no *Epicteti dissertationes* (I, III, cap. X), em que Flavius Arriano reuniu e condensou as lições do sábio estoico Epicteto, escravo de Epafrotita, liberto do Imperador Nero, no primeiro século da Era Cristã. É a mais antiga referência. Diz Epicteto: "É o que sucede a uma criança que mete a mão num vaso de abertura reduzida para tirar passas e nozes. Com a mão cheia, não a poderá retirar e então chora. Deixa-as ficar, algumas, e soltarás a mão".

Era o que supunha. Uma imagem erudita que terminou formulada no sertão setentrional do Brasil e num idioma indígena.

Nuno Marques Pereira é autor do *Compêndio narrativo do peregrino da América*, cuja segunda parte, inédita, terminada na Bahia em 1733, foi publicada pela Academia Brasileira em 1939.

O Peregrino visita a Torre Intelectual onde o guia Belomodo mostra-lhe um quadro: "Vi a uns macacos, com as mãos metidas dentro de buracos feitos em uns cabaços, os quais os levavam arrastando pelos campos, e estradas, e negros atrás deles com bordões e laços de cordas para os enlaçarem e matarem. A interpretação moral é a seguinte: 'Aqueles macacos ou monos, que vão correndo com as mãos cheias de milho dentro dos buracos feitos naqueles cabaços (que assim os apanham em Cabo Verde), são a representação dos avarentos, e ambiciosos, que por não largarem a presa das riquezas dos bens do mundo, se deixam apanhar, e enlaçar por aqueles negros, que são os demônios, até que os levam para o inferno'".

Fui perguntar ao escritor Luís Romano de Melo, nascido na Ilha de Santo Antão, em Cabo Verde, o que havia de verdade no símbolo do *Peregrino* (cap. XI).

Luís Romano confirma. Na Ilha de São Tiago, a única em que os macacos abundam, dando imenso prejuízo às plantações, os negros locais põem amendoins dentro dos cocos, deixando orifício bastante para que passem a mão. Os monos seguram os amendoins e não os largam, guinchando e correndo, atrapalhados com a carapaça do coco, até que são apanhados e mortos a pau.

O *Macaco velho não mete a mão em cumbuca* é provérbio que não existe em Angola, segundo informa o meu amigo Oscar Ribas, de Luanda.

A técnica será sudanesa ou da África Oriental, mesmo entre os povos bantos. Nunca li menção dessa proeza pelo litoral africano do Atlântico ou do Índico.

O anexim, que Couto de Magalhães divulgou em nhengatu em 1876, é uma composição de fundo cultural que se tornou popular. Já vimos a citação há quase vinte séculos em Roma. A documentação da China, da Índia, do mundo árabe evidencia sua vulgarização pela Ásia. Epicteto teria lançado a imagem na Roma letrada de Sêneca, Lucano, Petrônio. O depoimento de Luís Romano dá verdade à informação de Nuno Marques Pereira, de 1733, dizendo-a um processo de caçar os macacos plutões da Ilha de São Tiago, em Cabo Verde. É quanto me foi possível apurar. *Much ado about nothing...*

3

Festa de pobre é bucho,
Festa de rico é luxo

Há uma tradição oral contra o bom gosto dos fidalgos, dos homens ricos, daqueles que outrora possuíam o monopólio da fartura, dos recursos financeiros irresistíveis.

Nega ao nobre, ao senhor, ao próprio rei, um passadio digno do nome. A paremiologia é excessiva e feroz no libelo crime acusatório.

> Do Rei, o trato mas não o prato.
> Do fidalgo, pouco pão e mantel alvo.
> Comida de rico, muito luxo e pouco bucho.
> Na mesa do Rei, muito cortar e pouco comer.
> Do fidalgo a mão e do vilão o pão.
> Comer de vilão, na boca e na mão.
> Na mesa d'El-Rei comida verei.
> Come o vilão e o fidalgo mastiga.
> Com fidalgo, muita mão e pouco pão.

O vilão, homem da vida, o aldeão rimam sempre com pão, sinônimo de alimento, tendo-o na boca e na mão, com relativa presença na mesma simplicidade. O altivo e nobre samurai no Japão estava no nível idêntico, *Bushi wa kuwanedo taka yôji*, o samurai mata a fome palitando os dentes, fingindo ter comido.

Pelos séculos XVI e XVII, por Espanha e Portugal, a figura do fidalgo famélico era indispensável na galeria social, imponente e faminto, cabeça cheia e estômago vazio, bebendo ares dominadores e louco por um pedaço de pão, que a lei da nobreza proibia pedir. Gil Vicente em Portugal, as criações picarescas de Lazarillo de Tormes, Guzman de Alfarache, Marcos de Obregón, Estenanillo Gonzálles, na Espanha, são as evocações incomparáveis, ao lado dos modelos supremos de Quevedo e de Cervantes de Saavedra. Escrevendo em 1650, D. Francisco Manoel de Melo opina sobre o regime ordinário dos fidalgos: "Tenha a sua mesa não faminta, limpíssima, e bem servida; mas, que seja mesa para a boca, não para os olhos. Quero dizer, que ministre a necessidade, e não a vaidade".

Ressuscita um Grande de Espanha, típico na espécie: "Havia um Grande de Espanha tão grande na vaidade, certo, como na miséria; mandava-se servir de doze pratos ao jantar e outros tantos à ceia, que se lhe ministravam em público com notável cerimônia; e era certíssimo que só deles os três primeiros levavam iguaria, e os nove passavam sua carreira tão vazios como a cabeça de seu dono".

As pessoas mais humildes valorizam-se nos provérbios e frases feitas, no plano encomiástico.

> Ceia de caçador. Almoço de almocreve. Jantar de lavrador.
> Almoçar com caçador. Jantar com lavrador. Cear com arrieiro.
> Galinha para quem crie e vaca para quem mate.
> Carneiro criado e porco caçado.
> Jantar com lavrador e ceia com caçador.
> Do pobre o sustento, do rico o cumprimento.
> A vaca do vilão, se dá leite no inverno, melhor no verão.

Júlio Camba (1882-1962) escreveu: "*Probablemente, la gastronomía es una arte de clases medias y, mejor aún, de esas clases alternas que pasan meses de privación y semanas o días de opulencia, porque el 'delittante' en cocina no es como el 'delittante' en música, en pintura o en escultura, que puede pasarse toda la vida en contacto exclusivo con obras maestras y que no necesita nunca ponerse a régimen. Las obras maestras culinarias hay que irlas espaciando cada vez más, y ¿cómo podría espaciarlas el verdadero aficionado si la necesidad no le obligarse a ella?*".

Teodoro de Banville (1823-1891) num dos leves contos da *Lanterne magique* (Paris, 1883) expõe, como exemplo da gula, o parisiense Brumaque, abandonando a carpa do Loire, cozida com as ovas, o pastel de fígados de pato do grande Tivollier, a travessa de codornizes, a salada de trufas, os camarões à moda da Lorena, a truta do rio, as uvas ferreais e os pêssegos aveludados, para ir furtar o guisado de carneiro, jantar privativo da cozinheira

Sofia, que lhe perdoa, advertindo: "Vá lá por esta vez. Mas não torne mais. Bem sabe que eu não posso comer as porcarias que o senhor come!".

O velho adágio, *Nem sempre rainha, nem sempre galinha*, preconizando a variedade, referir-se-á, talvez, à monotonia da mesa opípara, provocando a saturação do paladar na constância do inalterável ritmo epulário. Camba, o Brillat-Savarin espanhol, ainda lembra que *"la falta de recursos es, precisamente, donde comienza, el apetito, base de la gastronomía"*. E, sobretudo que *"la edad de la comida no coincide casi nunca en el hombre con la edad del dinero"*. As dietas de um Pierpont Morgan ou de um Rockefeller valorizam as migalhas saboreadas por qualquer mendigo.

O mais expressivo argumento limitador entre o paladar de ricos e pobres, agora tomado coletivamente, verifica-se no povo mais poderoso e farto do mundo, com território imenso de todos os climas, dois oceanos limítrofes, rios possantes e lagos imponentes de permeio, não possuir uma culinária, uma arte específica de preparar, arranjar, temperar, apresentar as iguarias na base do tradicional, do antigo, do histórico. Júlio Camba é decisivo: *"No hay, no ha habido, no habrá nunca cocina en Norte América"*.

Não há, realmente, nos domínios gastronômicos, uma invenção norte-americana. Há modificações, convergências, arrendamentos a longo prazo, compras, batismos, enfiteuses, no terreno gostoso da utilização. As coisas comíveis mais populares em todos os Estados da União Americana não são americanas. O *sandwich* é inglês. O *cachorro-quente* é alemão. O *chicle* é mexicano, na espantosa classe da mastigação, solitária e da deglutição, dispensável. Em matéria de bebidas a pobreza é notória e sabida. As mais vulgares não são naturais. São produtos de laboratórios, combinações químicas, lançadas em grande estilo pela ciência perturbadora da propaganda, insistente e onímoda. Não podem competir com o vinho e a cerveja, ambos multimilenários, desfrutando uma heráldica no tempo preferencial.

Povo jovem, sadio, bem-humorado, sem a *pride* britânica, teve o dom da penetração social, a graça na convivência amável, despreocupada, envolvente, foliona. Como atrás de cada um desses cidadãos projetava-se a grandeza dos *States*, durante mais de cem anos a mania europeia foi dar seu nome às preferências de mesa e sala. O secular *souper volant*, a lagosta armoricana, os convescotes e velhos piqueniques, cem outras entidades, passaram a ser à moda americana, concedendo inexistente *copyright* a que displicência e interesse espalharam por todos os processos impressos. E nesse país magnífico, sem herança culinária, nasceram os mestres da dietologia, da ciência do saber comer. Ou, mais justamente, nutrir-se.

O inesquecido Cláudio Basto (1886-1945) afirmava ser o povo um clássico que sobrevive. Uma dessas prodigiosas conservações é a sua culinária, feita de lentas aquisições prudentes, através das idades. A antiga aristocracia em Portugal, a Corte, estava mais permeável às influências estranhas e novas. Embora um rifão português, anterior a 1774, reinado de D. José e do Marquês de Pombal, afirme que *rabões e queijos mantêm a Corte em peso*, viveu sempre essa obedecendo aos modelos da Espanha, da França e da Itália, no trajo, no trato e no prato. A camada popular, inabalável e resistente, é que conserva, mantém e defende a legitimidade do paladar nacional. É a argumentação de Júlio Diniz, de Fialho de Almeida, de Eça de Queirós, de Ramalho Ortigão.

O essencial no passadio abastado era o serviço, apresentação, o manejo impecável dos fâmulos. Mesa bem servida deve ser mesa bem provida. D. Francisco Manoel de Melo, em meados do século XVII, sentenciava, convicto: "Tanto importa o saber servir às mesas nobres, que verdadeiramente é a principal iguaria delas". A seriação dos acepipes, a vênia intervalar, o lado certo de oferecer, a substituição dos pratos, a sucessiva provisão do vinho nos copos de cristal são garantias insubstituíveis e primorosas. O cerimonial é a mística dos ágapes socialmente elevados.

Como a fome é o melhor molho, o apetite dos pobres, das classes médias, é mais constante e condimentador. *"La mejor hora para comer es cuando hay hambre, habiando de qué"*, lembra o erudito A. Castillo de Lucas. A impressão da saciedade consciente e feliz não ocorre normalmente nas refeições protocolares. A regularidade dos repastos rituais suprime ou disciplina o alvoroço da gula pessoal.

Ora, festa de pobre é pança e dança. Os convivas ignoram serviços, saudações, ritos de precedência. Tudo se põe na mesa ao alcance de todos. O talher é a mão e o limite a extinção das provisões. Não se compreende fastio, indiferença, dieta. Triste do bicho que o outro engole.

Os ditados, anônimos e seculares, vulgarizam a opinião anônima e majoritária.

Festa de pobre é bucho e festa de rico é luxo...

4
Quem empresta nem para si presta

> Espingarda de caça,
> Cachorro de raça,
> Mulher de estimação,
> Não empreste não!

Veio-nos de Portugal a desconfiança pelo objeto emprestado, sempre incompleto pela ausência real do sentimento de posse integral.

Indígenas e escravos africanos não tinham esse critério psicológico. Cada objeto impregna-se do espírito da pessoa que o possui. Participa de todos os fluidos e forças ânimas. Na mão dos feiticeiros um objeto de uso é um elemento propício para todos os encantos, porque prolonga a própria individualidade do possessor. Saint-Hilaire, em 1819, notava em Mato Grosso encontrar sempre joias de ouro quebradas quando expostas à venda. Quebrando a joia, interrompia-se a continuidade mágica do contato. Poderiam passar às mãos de qualquer outra entidade sem os prejuízos da conservação personalíssima. Assim, uma peça de roupa, superficial ou íntima, é uma parte do indivíduo. Sobre esse material é possível exercer-se uma força contrária e maléfica, com a transmissão inevitável ao antigo dono.

É a critério mágico do *totum ex parte*, que *Sir* George James Frazer enunciou: "As coisas que estiveram outrora em contato e cessaram de estar, continuam tendo, uma sobre a outra, a mesma influência como se o contato houvesse persistido". Por isso um fragmento de roupa, cabelos, unhas, saliva, sangue, suor, uma joia, um lenço, um retalho de papel úmido de qualquer secreção humana será alvo precioso num trabalho de feitiçaria, branca ou negra, *às esquerdas*.

As devotas ensinam que os terços ou rosários não devem servir quando obtidos por empréstimo, porque os valores místicos ocorrerão para o legítimo dono e não para quem reza por ele momentaneamente.

Toda arma emprestada é suspeita, porque está fora da mão do dono, condição favorável ao êxito.

> Com as armas emprestadas
> Não se ganha a valentia!

Nos velhos "romances" do século XV, remodelados na centúria posterior, menciona-se o juramento de não emprestar armas de combate ou cavalo de sela. No romance de *Dom Gaifeiros*, versão de Trás-os-Montes, Gaifeiros pede ao tio Roldão cavalo e armas para libertar a esposa, prisioneira dos Mouros.

> Minhas armas não te empresto,
> Que as não posso desarmar;
> Meu cavalo bem vezeiro
> Não o quero malvezar.

No romance *Melisendra*, Dom Roldão responde ao sobrinho:

> Em São João de Latrão
> Fiz juramento no altar,
> De a ninguém emprestar armas
> Que m'as faça acovardar.

Noutra mão, mesmo do sobrinho lidador, o cavalo ficaria mal avezado e as armas covardes. Tal era a Lei de Cavalaria. Cada Cavaleiro com suas armas, sua montada, sua Dama.

No cerco de Troia, Aquiles emprestou suas armas a Pátroclo, mas Heitor venceu-o, arrebatando-as (Homero, *Ilíada*, XVI). As armas forjadas pelos deuses perdiam as forças quando em mãos alheias.

Mil cento e oitenta anos antes de Jesus Cristo nascer, quem lutava com armas emprestadas não obtinha sucesso.

Esses são os fundamentos da tradição, obscura e teimosa no espírito popular.

> Quem empresta,
> Nem para si presta!

5
LAGARTIXA DE OURO

Frei Serafim de Catânia, da Ordem dos Capuchinhos, chegou ao Recife em 11 de setembro de 1841, começando a percorrer todo o Nordeste em pregação catequística. Foi o grande missionário dos sertões de pedra, dirigindo as Santas Missões que ficaram relembradas na memória coletiva das regiões visitadas. Irradiava energia, persuasão, bondade. A fama de fazer milagres derramou-se, acompanhando-lhe as pegadas.

O Brigadeiro Dendé Arcoverde, rico, poderoso, com um exército de guarda-costas e um harém de seis mulheres, dominava no solar de Cunhaú como o derradeiro barão feudal. Frei Serafim foi visitá-lo. Quando o deixou, Dendé Arcoverde dispersou o bando guerreiro, despediu as mulheres, desarmou-se e nunca mais mandou matar alguém, exceto a si próprio, suicidando-se, para não ser preso, a 26 de julho de 1857.

Frei Serafim, a 21 de fevereiro de 1858, benzeu a primeira pedra da futura matriz do Ceará-Mirim, a mais linda igreja da Província. Foi de inexcedível dedicação na epidemia da cólera-morbo.

H. Castriciano, estudando *O último enforcado*, registra que a mulher Josefa Maria da Conceição avisara ao amásio Alexandre José Barbosa que não matasse a vítima, porque *o santo padre, Frei Serafim, estava a chegar e podia adivinhar*. Era no Natal de 1845.

Velho, doente, cansado, Frei Serafim voltou à Itália, para sua amada Catânia, na Sicília, onde faleceu a 14 de maio de 1887. Veio várias vezes ao Rio Grande do Norte e, entre outras, deixou esta lembrança de sua intervenção miraculosa.

Um homem de bem, pobre, com família numerosa, estava sendo perseguido por um credor impaciente de receber os 100$000, e não sabia que fazer para enfrentar a vida difícil. Foi procurar Frei Serafim de Catânia no consistório da Igreja de Santo Antônio, expondo, com lágrimas, sua desventurada situação. O frade ouviu-o, animou-o, e erguendo-se olhou ao derredor, viu apenas uma lagartixa que balançava a cabeça numa janela. O capuchinho fez o sinal da cruz e o animal imobilizou-se como feito de bronze. Frei Serafim embrulhou-o num pedaço de papel e entregou-o ao necessitado penitente recomendando:

– Peça dinheiro emprestado sob este penhor e livre-se da miséria. Daqui a um ano volte, trazendo o objeto, e coloque no altar, nos pés de Santo Antônio. Promete?

– Juro pela salvação da minha alma! – respondeu o pobre homem.

Correu ao agiota, pedindo a fortuna de 500$000, deixando um depósito. O onzenário abriu o embrulho e encontrou uma lagartixa de ouro, com a boca de rubis e os dois olhos de brilhantes. Valia o triplo. Pensou, provou, experimentou e deu os 500$000 ao suplicante. Este, com menos de um ano, estava livre de preocupações. Possuía casa própria, gado, uma loja, a família tranquila e feliz, cavalo de sela para o trato dos negócios. Foi ao usurário, liquidar o débito. Este propôs comprar a lagartixa de ouro. – Não é minha! – explicou o abastado negociante.

Recebendo o penhor, foi à Igreja de Santo Antônio e, feita a vênia, depôs o pacote aos pés do orago. Imediatamente o papel mexeu-se e dele saiu, esfomeada e rápida, uma lagartixa, viva e veloz, em desabalada carreira. O homem percebeu o milagre de Frei Serafim de Catânia e, ajoelhado, rezou longamente, agradecendo a mercê.

O inimitável Ricardo Palma (1833-1919) conta episódio semelhante ocorrido em Lima, no Peru. O taumaturgo é outro franciscano, Frei Gómez, nascido em 1560, na Estremadura, e falecido a 2 de maio de 1631. Era frade leigo, enfermeiro durante quarenta anos.

Um castelhano honrado e velho veio procurar Frei Gómez, suplicando-lhe o milagre de uma esmola de 500 duros por seis meses. Frei Gómez nunca tivera uma peseta. Ouvindo o penitente, comoveu-se e, arrancando uma página de um livro, envolveu com ela um escorpião que atravessava o recanto. Era o lacrau agressivo, anzol na cauda, tesouras abertas, pequenino e feroz. O homem levou o escorpião ao agiota pelo empréstimo de 500 duros.

Transformara-se numa joia de rainha. Era um broche, com forma de lacrau. O corpo, formado de uma esmeralda magnífica, engastada em ouro; a cabeça, de brilhantes, com dois rubis por olhos. O agiota ofereceu emprestar-lhe o quádruplo. O homem aceitou unicamente os 500 duros e tão bem os movimentou que estava farto e sereno de economia no fim do semestre. Foi pagar a dívida e recobrar a joia.

Levou-a a Frei Gómez. Este repôs o escorpião no peitoril da janela, abençoou-o: – *Animalito de Dios, sigue tu camino...*

O lacrau recomeçou a andar livremente pelas paredes da cela.

Mas há outra estória, irmã e bem expressiva. René Basset (*Mélanges africains et orientaux*, Paris, 1915), comentando a *Contribuition a l'ètude de la literature copta* (Cairo, 1905), de E. Gualtier, divulga o caso que na América do Sul tivera personagens como Frei Gómez e Frei Serafim de Catânia.

É uma tradição cristã no Egito. Ligada ao ciclo taumatúrgico de São Basílio.

Um pobre, protegido pelo santo, toma emprestados 40 dinares a seu padrinho, dando de caução uma serpente ordinária que São Basílio tornara de ouro, com a cabeça de esmeralda e os olhos de rubis. No fim do ano, o agiota, levado pela avidez e aconselhado pela mulher, recusou devolver o penhor, raro e precioso. Mas a joia voltou a ser serpente, venenosa e viva. O episódio dos coptas egípcios mantém as mesmas pedras, esmeralda, rubi, e o ouro. O ensinamento moral copta em nada altera a substância temática das tradições brasileira, do século XIX, e peruana, do século XVII. Quanto a estabelecer o itinerário, é outra estória dispensável...

6
SÃO OUTROS QUINHENTOS!

"São outros quinhentos!" vale dizer são outras razões; é um novo caso; outro aspecto; outra coisa, outro assunto...

É uma frase diária e comum por todo o Brasil dos nossos dias.

Na *Visita das fontes*, um apólogo dialogal de D. Francisco Manoel de Melo, publicado em Lisboa em 1657, um Soldado, conversando com a Fonte Velha do Rossio, responde a um reparo mais vivo da sua interlocutora: – *Essas são outras mil & quinhentas!*

Era, pois, de uso em Lisboa há trezentos e sete anos.

No *tesouro da língua portuguesa*, de Frei Domingos Vieira (2ª ed., Lisboa, 1874), há uma notícia complementar: "*Isto são outros quinhentos!* quer dizer que alguém pronunciou novo disparate afora os que havia já soltado". Quanto à origem e evolução temática, não sei mais nada, presentemente. Ficamos apenas sabendo que a frase é velha de três séculos e nos veio de Portugal.

7
Arrancar a máscara

"Arrancar a máscara" é evidenciar a verdadeira face, revelando a expressão legítima, oculta pelo disfarce. Tornar público o escondido.

Na Grécia e em Roma os atores representavam sempre mascarados. A máscara denunciava o caráter do personagem em cena. Não se via o rosto do artista que vivia o papel humorístico ou trágico. A máscara, impassível, valia permanentemente pela figura.

Quando o ator trabalhava mal, irritando os espectadores pelo desempenho inferior e falso, a assistência, grega ou romana, podia exigir que tirasse a máscara do rosto, exibindo-se em sua veracidade fisionômica, para que recebesse diretamente a demonstração do desagrado coletivo.

Quando algum ator era obrigado a *arrancar a máscara*, subentendia-se a infelicidade da interpretação artística. Estava, pelo menos naquela ocasião, repelido das simpatias e dos aplausos.

Identificara-se o responsável pelo fracasso na legitimidade das feições. Já desapareceu, há duzentos anos, o uso da máscara nos palcos, mas a frase, nascida de um milenar direito do auditório, continua sendo aplicada aos motivos inteiramente alheios ao teatro.

É uma das contemporaneidades do milênio.

8

A Hora do meio-dia

A superstição meridiana ainda é viva e forte no Brasil. Tanto quanto em Portugal e Espanha de onde a tivemos.

Não sei da porcentagem que poderia caber aos incas, astecas e maias por uma crendice referente ao Sol no zênite, perdurando nas populações ameríndias. Não conheço lenda referente ao meio-dia entre os nossos amerabas. O salmo 91,6 cita o Demônio do Meio-Dia, *daemonio meridiano*, tão de recear-se quanto a calamidade mortífera ocorrente nessa hora: – *a pernicie quae vastat meridie*. Sobrevive na imaginação coletiva a vaga imagem demoníaca, liberta do Inferno e operando na coincidência horária.

No *Meleagro* (Rio de Janeiro, 1951), divulgo uma *Oração do meio-dia* com força de atração amorosa. As pragas irrogadas a essa hora são de eficácia indiscutível. No *Relógios falantes*, D. Francisco Manuel de Melo registra a versão obstinada: – Velha conheci eu já, que ensinava às moças que as pragas rogadas *das onze para o meyo dia erão de vez, porque todos empécião*. Também, na face benemérita, as súplicas são atendidas desde que coincidam com o coro dos Anjos, cantando as glórias a Deus, justamente no *pino do meio-dia*.

Hora sexta, parada e morna para os romanos que a temiam. Hora sexta, criando a sesta. Na Grécia, silenciavam cantigas e avenas pastoris porque era a hora em que Pan, o grande Pan, adormecia, farto de correrias. Interrompido o sono, pagaria caro o atrevido perturbador. Na campina de Roma respeitava-se a sesta dos deuses silvestres fatigados. Na Idade Média era possível ouvir-se o fragor tempestuoso da cavalgada fantástica, seguindo o caçador eterno, *Wuotans Heer, das wütende Heer*, infernais. As pedras deslocam-se na França. O homem das águas rapta as crianças na Morávia, repetindo as Nereidas gregas e a Poledinice da Boêmia. Surge em Palermo a feia Grecu Livanti. O Demônio do Meio-Dia persegue nas montanhas as mulheres de Creta. Um espectro feminino ronda a pirâmide de Keops. Em Portugal, o Homem-das-sete-dentaduras aparece no Cerro Vermelho, Algarve, ao meio-dia como, de sete em sete anos, corre a Zorra de Odeloca, a Berradeira, espavorindo a região. No dia de São João o Sol dá três voltas ao meio-dia e está cercado por nove estrelas fiéis.

Para nós, brasileiros do sertão, o redemoinho, os súbitos pés de vento, a poeira que sobe, brusca, diante das portas, o canto estridente do galo, os rumores inexplicáveis no telhado, nas camarinhas sombrias, nos alpendres solitários denunciam presenças misteriosas e sobrenaturais.

É uma das *horas abertas* em que o *Diabo se solta*. Os doentes pioram. Os feitiços ganham poderio nas encruzilhadas desertas.

Não pragueje, não cante alto, não assobie, não abra os braços quando os ponteiros do relógio estiverem *de mãos postas*.

Notem que é uma hora estranha, imóvel, com um arrepio sinistro nas folhas, tangendo os animais lentos. Hora em que o cão se enrosca para não ver os fantasmas. No sertão, hora das miragens, do falso rumaceiro nos capoeirões, denunciando um fogo inexistente. Trote de comboio, obrigando o viajante volver-se para identificar invisíveis caminhantes.

Os animais reais dormem, escondidos nas sombras das *malhadas*. Os *encantados* galopam procurando apavorar os caminheiros do sol a pino. Relincho de cavalo que ninguém enxerga. Uivo de raposa que não nasceu. Bafo de coivara, sopro quente de braseiro, jamais localizado. Vento que passa açoitando as árvores e deixando os galhos imóveis, recortados em bronze.

Cuidado com o mal que desejar nessa hora fatídica. Voto, praga, invocação, esconjuro têm projeção mágica.

Todos os ocultistas recordam a batalha *astral* entre *l'abbé* Boullan e Stanislas de Guaita, combate de magia negra, *à coups d'envoûtements*, duelo a distância, sem pausa e sem mercê. Boullan sucumbiu acusando Stanislas de Guaita de havê-lo *assassiné astralement*. As horas preferidas foram sempre meia-noite e meio-dia. Valem tanto para a feitiçaria, macumba, catimbó, a hora do sol a pino como a meia-noite tenebrosa.

Mas é hora poderosa para as orações benéficas. Rogos, promessas, súplicas, *pelas horas que são*. Nunca a Igreja regulou esse horário que é superstição milenar, trazida pelo europeu para o continente americano. Não se verificou que as culturas pré-colombianas a tivessem motivado.

Certas rezas assumem valores surpreendentes quando ditas no *pino do meio-dia*. Ditas de pé e sem telhas acima da cabeça, ao ar livre, ao Sol. Explicam a intervenção prodigiosa pela obediência inarredável ao *toque do meio-dia*. Batendo o relógio as doze badaladas quando o devoto está orando, há convergência de fatores imponderáveis para o êxito. *Nunca perdi um meio-dia* justificava-se alguém de um acontecimento venturoso, solução vitoriosa, em antiquíssima e semiperdida questão. De um funcionário estadual a quem o Governador parecia perseguir tenazmente e sem visíveis vantagens ouvimos: – *Ele não pode com a reza do meio-dia!*, feitas pela mulher, teimosa e crente.

– *Só temo neste mundo a revólver descarregado e praga ao meio-dia*, dizia-me um professor eminente, veterano de gerações.

Demônio do Meio-Dia chamavam ao Rei Filipe II da Espanha. Mas para o povo é bem outra a força miraculosa em sua ameaça imortal.

9

A Lição da barata

Um homem afirmava que Nosso Senhor fizera muita coisa sem préstimo. Há seres perfeitamente dispensáveis e não compreendia como o Criador perdesse tempo com eles. Para que servia uma barata? Para nada. Viveríamos melhor sem as baratas, não é verdade?

Dias depois, esse homem começou a sofrer das urinas e não podia verter água. Os doutores não deram solução. Desesperado, foi procurar uma velha que ensinava remédios antigos, meizinhas do povo. A velha ouviu e disse que o doente arranjasse uma barata viva, das grandes. O homem caçou e levou a barata. A velha, sem que ele visse, torrou-a, virou-a em pó, fez um chá bem quente e mandou o homem beber, sem açúcar. Logo depois, começou ele a urinar que não tinha mais conta. Ficou bom. Foi agradecer à velha.

– Sabe qual foi o seu remédio? Não sabe? Foi um chá de barata!

Tudo nesse mundo tem sua serventia. Depende da oportunidade.

O chá de barata ou de grilo recebemos da terapêutica popular portuguesa. O espírito dessa estória é o mesmo do *Le scarabée* que René Basset divulgou no seu *Mille et un contes, récits & légendes arabes* (II, 124, Paris, 1926). O árabe perguntava qual a intenção de Deus ao criar um bicho tão feio e nauseante como o escaravelho. Adoeceu de uma úlcera e foi curado com o pó do escaravelho. O árabe raciocinou, convencido: "*Sachez que Dieu a voulu me faire connaître que la plus vile de ses créatures est le reméde le plus précieux*".

10
Dormir na igreja

Não permita que o sono o domine durante uma solenidade religiosa. Esse sono não está ainda capitulado entre os pecados, mas incluído no meio das *faltas*, que são os erros, os semicrimes da omissão.

Deve existir um diabinho especialmente encarregado de provocar essa inoportuna sonolência. Sei que, às vezes, esse inesperado torpor é legítima defesa orgânica ante certas eloquências intermináveis. Mas adormecer enquanto vive um ato litúrgico é desatenção ao sagrado motivo.

No budismo japonês há um demônio que distrai os fiéis ao correr do serviço religioso. Chama-se Binaíakia. Um dos primeiros cuidados nos templos búdicos, antes das orações coletivas, é afugentar-se Binaíakia com fórmulas exorcísticas específicas. Sabe-se que esse demônio habita ao pé do Monte Shoumi, no Souméran.

Nos candomblés é indispensável uma oblação ao orixá Exu antes de começar a função no terreiro para que o trêfego duende não perturbe os trabalhos. Mas Exu não adormece a ninguém. Bem ao contrário...

Na Bretanha, vive igualmente um diabinho familiar com essa singular missão do sono imprevisto. Os bretões o denominam Ar C'houskezik, provindo do verbo *houska*, significando dormir. Seu nome francês é o Diable Assoupissant.

Nas igrejas católicas o mesmo ente soporífero ameaça a integridade da atenção devocional. Quem não deparou com uma vítima desse demônio sonífero, dormitando placidamente enquanto o tribuno sacro desenvolve o ciclo flamejante?

As beatas veteranas explicam que a sonolência durante o exercício religioso é uma manifestação expressa e legítima da tentação diabólica. Ninguém adormece por manifesta vontade ante o altar iluminado e na hora da reverência. Rápida vitória satânica sobre os crentes desacompanhados da sentinela volitiva.

Sendo o momento dedicado à divindade, o sono é uma evasão ao dever, uma fuga indisciplinar injustificável. Nenhum conferencista, teatrólogo, professor perdoa essa forma intempestiva de ausência mental com a presença física inoperante. Suetônio conta que o Imperador Nero expulsou Vespasiano do séquito porque o grande soldado adormecera durante o canto imperial. Sacrilégio!

Jesus Cristo estranha ao apóstolo Pedro o sono em Getsêmani. Vigiai, é a palavra digna do homem. Vigilância, determinando a *Vigília*, guarda da véspera festiva. O sono não é ortodoxo.

O diabrete que afasta a vigilância deve ser poderoso.

Todos os oficiais de Marinha têm um caso a contar no *quarto da madorna*, modorra, a luta para estar imóvel e desperto na madrugada lenta. É exatamente esse *quarto*, na escala do serviço naval, a hora das visagens, assombrações e pavores nos velhos navios ou arsenais e quartéis antigos. O saudoso Gastão Penalva (Comte. Sebastião de Sousa, 1887-1944) contava-me dezenas de episódios ocorridos durante essas horas de batalha contra *o sono, quarto d'alva, quarto da madorna*. Disse-me que ia escrever uma relação, reunindo o documentário tradicional na Armada de Guerra. Infelizmente não o fez. Seriam páginas reveladoras de imprevistos e surpreendentes sucessos. As orações prolongadas e maquinais são irresistíveis provocadoras de abstração e desinteresse, alheamento inconsciente, caminho para o domínio envolvente e macio de Hipnos. Essa sugestão hipnótica é visível nas associações educacionais religiosas, notadamente nos Seminários, onde os professores reagem, por todos os meios permissíveis, contra o demônio sonolento das horas rituais.

Desaparecendo o centro de interesse no decorrer do cerimonial, recaindo na rotina monótona do habitual, o sono é um visitante infalível no âmbito religioso.

Em Lisboa, assistia quase sempre à missa dominical nos Jerônimos. Ficava ao pé de uma coluna onde há um peixe esculpido. Na saída, no rumo dos pastéis de Belém, testemunhava a um funcionário da igreja despertar e ajudar a erguer-se a um velho gordo e simpático, decente em seu capotão folgado, chapéu de feltro e luvas. Vendo-o passar o pórtico monumental, dizia-me o rapaz com um sorriso nos olhos gaiatos: – *Pois vem dormir pra Igreja, o gajo!* No outro domingo lá estava o gajo a dormir, fronteiro aos túmulos de Vasco da Gama e Camões.

Não resistira ao Diable Assoupissant.

Nas missas do meio-dia na Candelária, no Rio de Janeiro, as minhas preferidas, encontrava um casal devoto, também tentado pelo demônio soporífero. Gente rica e titulada pelo Papa. A senhora lia e o marido dormia, sereno. Nos minutos precisos, um toque de cotovelo despertava-o, fazendo imediatamente ajoelhar-se, contrito. Às vezes, avisado para retirar-se, dobrava os joelhos na costumeira sequência. O Duque de Windsor, nas suas *Memórias de um rei*, evoca uns soberanos da antiga Alemanha, nutridos e pacatos, que passeavam de carro. O rei dormia e a rainha acordava-o para que saudasse os súditos. Mesmo que não houvesse vênia a retribuir, alertado, o rei tirava, com os olhos fechados, seu chapéu saudador.

Não vamos falar nesse diabinho do sono. Nosso Senhor Jesus Cristo também adormeceu em hora imprópria, num barco, sacudido pela tempestade que lhe obedeceu.

II

Primeiro dia do ano

Dia de Ano é o primeiro de janeiro, dedicado à Fraternidade Humana e, na Igreja Católica, votivo à circuncisão de Jesus Cristo.

Cita-se, vez por outra, como Dia de São Silvestre, que é realmente o 31 de dezembro, o último do ano. São Fulgêncio, Bispo de Ruspina, e Santa Eufrosina de Alexandria, solitária do Egito, são os santos do dia primeiro de janeiro.

É como a Noite de Natal, Noite de Festa, de comemoração doméstica, mas, aos poucos, nas cidades grandes, a vida social encarregou-se de festejá-la nas sedes das associações elegantes, com bebida à meia-noite e mesmo o Hino Nacional, entre barulheiras e gritos que devem anunciar todos os benefícios, exceto a tranquilidade, porque esta não pode ser invocada aos berros e sopros de buzina atroadora. Os italianos já dizem que *Natale coi tuoi, capo d'anno con chi vuoi*!

Um elemento resiste, batido pela violência das culturas unitárias que vai tentando cobrir, lenta ou rapidamente, a paisagem típica das civilizações nacionais. Esse elemento é o cuidado, a precaução dos atos que não desejamos ver repetidos no resto do ano.

O que se fizer no primeiro de janeiro será a antevisão, a profecia, o programa, para os demais dias.

Naturalmente, a tradição nos veio com o português no século XVI. Ameríndios e negros africanos não tinham crença alguma relativa ao Ano-Novo, e sim às festas dos ciclos agrários, cerimonial ligado à semeadura ou colheita dos frutos, ou propiciativas da caça e pesca.

Portugueses e espanhóis, mantendo o respeitoso costume, trouxeram-no para as terras da América, guardando-o e espalhando-o pelo uso.

Quatro séculos e meio depois, ainda a tradição vive, mesmo nas cidades, mantida numa porcentagem mínima nos arranha-céus, mas seguida e poderosa nas populações do interior de todas as províncias do Brasil.

Cuidado com o Dia do Ano-Bom! Obstinar-se-á em dar-vos a multiplicação dos atos praticados durante suas vinte e quatro horas oblacionais. Alegria no primeiro de janeiro? Um ano jubiloso. Se cóleras, doze meses em raiva flamejante. Tristeza? O restante será melancólico. Serenidade? Os dias passarão tranquilos e doces. Materialmente, o prognóstico é idêntico para as cousas fungíveis. Uma roupa nova, um calçado recém-comprado, maior recurso financeiro são, no primeiro de janeiro, anúncios talvez infalíveis da conservação ou multiplicação destas entidades no período anual.

Corre a tradição pela Europa, entre latinos e saxões. *"If a new suit or dress has money in the pockets, they will not be empty throughout the year"*, registra Radford.

J. Leite de Vasconcelos e A. C. Pires de Lima informam semelhantemente em Portugal: "O que se fizer no Dia de Ano-Bom faz-se todo o ano. Assim, come-se um bom jantar, estreia-se um fato, dá-se um passeio – para que o mesmo continue a acontecer pelo ano adiante. Trazendo-se uma roupa nova no Dia de Ano-Bom, continuará a trazer-se pelo ano adiante. É por isso que se anda nesse dia com roupa nova. Nem é bom nesse dia dar dinheiro, porque se fica a desembolsar durante o ano".

Como fica bem claro, não estou expondo o Dia de Ano-Bom em suas comemorações, festas e permutas de presentes, mas unicamente num determinado aspecto, tentando indicar sua indiscutível origem.

Em 1958 testemunhei essa poderosa presença da tradição. A senhora de um amigo meu, diplomada pela Escola Normal, viajada, inteligente e viva, não despediu uma criada porque o dia era o primeiro de janeiro. Não desejava passar o *resto do ano* despedindo empregadas.

Outro amigo, pernambucano residindo em linda casa no Recife, retardou a terminação de excelente negócio para concluí-lo no Dia de Ano-Bom, "correndo o risco" de vê-lo arrebatado por um concorrente mais atrevido e hábil.

Esses pequeninos fatos ocorrem por todo o território nacional. Cada ano a sua observância determina respeitos e atitudes dentro das regras inflexíveis da tradição.

De onde teria nascido o costume ainda fiel na obediência brasileira? Veio de Roma, decorrente de gesto religioso muito mais ligado ao direito consuetudinário que às exigências regulares do culto sagrado.

Ovídio, no *Fastos*, poema registrando o cerimonial religioso na Roma sob Augusto, referindo-se a janeiro, ao primeiro dia, minudencia:

> Ruim palavra sussurrar não ouse!
> Convém ao dia bom palavras boas.

Sobre a trova de presentes, o deus Janus explica ao poeta:

> Mal findou, repliquei – "Que significa*
> Este presentearmo-nos com tâmaras,
> Encarquilhados figos, e cheiroso
> Cândido mel em barrilinhos alvos?"
> – "São presságios, são votos; – me responde
> Quer-se que desta sorte auspiciado
> Corra sab'roso e doce o ano inteiro!"

Aí se inicia o mesmo respeito pela continuidade do que for começado no primeiro dia do ano. Assim os romanos ofereciam frutas doces, o mel, as coisas mimosas ao paladar. Esses presentes eram as *strenae*, determinando reciprocidade entre todas as classes sociais (Luís da Câmara Cascudo, "Dante Alighieri e a tradição popular no Brasil", *Presente de Ano-Bom*. Porto Alegre: Pontifícia Universidade Católica do Rio Grande do Sul, 1963).

---

* Tradução de Antônio Feliciano de Castilho (1800-1875).

12

ESTIRAR A LÍNGUA

*E*stirar a língua para alguém é um insulto, um gesto agressivo, atrevido e grosseiro e tem a mesma significação de vitupério em quase todas as paragens do mundo. Sua divulgação é instintiva, independendo de ensino e de memória. É natural, milenar e diário, sem origem, sem história, sem referência, mas "nacional" nos povos que o conhecem, imemorialmente.

Trezentos e sessenta e dois anos antes de Cristo, os gauleses assaltaram Roma com a violência tradicional. Um dos guerreiros, agigantado, confiando na robustez pessoal, diante do exército romano, desafiou-o para um duelo, exigindo um antagonista para o combate singular. Os romanos, intimidados com a arrogância selvagem, estavam silenciosos. O gaulês começou a rir com zombaria, e pôs a língua de fora num escárnio: – *Deinde Gallus irridere coepit atque linguam exertare*. O jovem Titus Manlius, indignado com o ultraje, enfrentou o altíssimo inimigo, derrubou-o, decepou-lhe a cabeça, arrancando-lhe do pescoço um colar de ouro, ornando-se com ele, a título de troféu. Ficou chamado Torquatus, de *torques*, o colar. O episódio consta em Tito Livio (VII, 9, 10) e em Aulo Gélio (IX, 13,3), divulgando página dos desaparecidos *Anais* de Q. Claudius.

Pelo exposto, há vinte e quatro séculos, a língua estirada tinha a mesma significação insultosa, humilhante e provocadora dos nossos dias. Era gesto idêntico para romanos e gauleses, germânicos, celtas. Decorrentemente é de esperar que fosse conhecido por toda a Europa histórica no quarto século antes de Jesus Cristo nascer.

Dante Alighieri, na *Divina comédia* (Inferno, XVII, 74-75), encontra o paduano Reginaldo degli Scrovegni a *língua tira, qual boi que os beiços lambe, ressequidos*, nas amarguras do oitavo círculo. Os demônios repetem o gesto saudando seu *duca* satânico, no canto XXI, versos 137-138:

ma prima avea ciascum la lingua stretta
coi danti versi lor duca por cenno!

A língua de fora, traduzindo linguagem desafiante, faz parte do patrimônio europeu dos gestos populares, da Inglaterra à Rússia, para os povos ao redor do Mediterrâneo, em ambas as margens. Não há documento de sua existência no continente africano, entre os negros, antes do maior contato europeu. Ignoramos seu uso nas culturas asiáticas, mas não é ausente de um ou outro relevo alegórico. Na América pré-colombiana surge entre os maias de Chich'en Itzá, nos mixtecos de Cholula, num deus-tigre dos olmecas e entre os signos dos dias astecas, os que figuram animais, alguns têm a língua estendida ou pendente, *mazatl, itzcuintli, ocelotl, cuanhtli, coatl, coscaquauhtli*. Em certos calendários astecas a figura central repete o modelo da Górgona. Não sabemos, em todos, se é pormenor complementar do desenho ou tenha intenção simbólica positiva.

Seu maior centro de dispersão é na Europa Mediterrânea, possivelmente grego, pertencente ao ciclo atemorizador da Górgona, única entidade mítica que se apresenta de língua pendente. Em menor escala há o deus egípcio Bes, Bisou, Bésou, jovial e bem-humorado, embora de repelente fealdade e limitada repercussão devocional. A Medusa, a Górgona mortal que Perseu sacrificou, é a mais antiga máscara onde aparece a língua estirada em função apavorante. Os Bés do Egito são posteriores.

Pôr a língua de fora seria a face da Medusa na intenção intimidante, estarrecendo o inimigo, petrificando-o pelo olhar encantado do monstro. Estabelecer o pavor nos adversários era fórmula natural que se obtinha com os ornatos extravagantes, imitando dragões, animais ferozes, deuses propícios, e mesmo fazendo caretas, transformações do rosto normal para o fantástico, como as crianças amam empregar. O gesto da língua de fora alcança os terrenos da influência clássica da Grécia e desta para Roma. Nenhuma comparticipação do Egito. As Górgonas eram criações ocidentais e não orientais. A máscara da Medusa não ficou perpetuamente na função de assombrar e amedrontar o adversário. Foi amuleto benéfico, o *gorgoneion*, mas a persistência incontestável ocorreu como elemento terrífico. Suas representações, medalhões, frisos em certas igrejas da Inglaterra como Stratford-sobre-o-Avon, Maglalem College em Oxford, seriam evocações convencionais da Luxúria, segundo as deduções de Thomas Wright, de a Medusa-Górgona ficar sendo símbolo da Luxúria, porque o gesto de estirar a língua, típico na maioria dos modelos gregos, nenhuma ligação terá com o erotismo. Wright limita-se a uma afirmativa sem explicação convincente.

Também dizem a língua estirada ter tido na Idade Média as honras emblemáticas da Gula. Por essa hermenêutica não andou Dante Alighieri e se existiu a concepção, não emigrou para a Península Ibérica, de onde a recebemos, na hediondez da terrível momice que não se documenta, presencialmente, nas culturas dos Andes. Nem na Itália do século XIII, quando Dante iniciava a *Divina comédia*, teria significação diversa da dos nossos dias e na intenção provocadora do gaulês no ano 362 antes de Cristo.

No Brasil, em Portugal, Espanha, Itália, toda a América Latina, o gesto, na tradução brutal e vulgar, vale a palavra que o General Conde de Cambronne gritou em Waterloo, na tarde de 18 de junho de 1815, comandando *le dernier carré de la Vieille Garde*, e que Victor Hugo proclamou *sublime*, dedicando-lhe capítulo exaltador no *Miseráveis* (Paris, 1862).

No famoso quadro *A coroação de espinhos de Lucas de Cranach, o Velho* (1471-1528), e que está no Museu de Gand, o velhote ajoelhado à esquerda de Jesus Cristo apresenta-lhe uma vara à guisa de cetro, suspende o gorro numa saudação caricata, e estende a língua.

Essa tácita intenção coprofágica, símbolo de desdém, desprezo e rebeldia, na materialidade cruel da expressão, pode assumir valores supremos de sublimação, resumindo desesperada revolta na impossibilidade útil de reação ou falência de toda comunicação verbal suficiente. Como o General Cambronne em Waterloo, embora negasse ter dito a frase.

Quando de uma sublevação popular na Rússia, em 1906, os condenados ao exílio na Sibéria iam partir, foram fotografados. *L'Ilustration* (de Paris nº 3.314, de 1º de setembro de 1906) publicou a fotografia documental. *Une femme tire la langue au photographe*. Era a derradeira mensagem de protesto. Para os tibetanos, a língua de fora é a saudação dos mais humildes aos superiores: "*Les autres membres de notre caravane durent saluer à la mamanière thibétaine, qui consiste à ouvrir la bouche et à tirer la langue*", informa um viajante ao Tibete ainda legítimo, W. Montgomery Mac Govern, *Mon voyage secret a Lhasse* (Paris, 1926). O autor estava entre os *humildes*.

Todas as minhas pesquisas sobre o significado atual do gesto em Portugal, Espanha, França, Itália, América do Sul fundamentam a identidade ao de Paris contemporâneo: *tirer la langue à quelqu'un, se moquer de lui*. Escarnecer, insultar, chasquear, zombar, injuriar, ridicularizar, fazer pouco. Perdeu-se, completamente, a explicação milenar da agressão provocadora que já não existia no intuito de Reginaldo degli Scroveglli, no derradeiro ano do século XIII.

Mas, "*che meglio é tacere che poco dire*", aconselhava Dante Alighieri (*Il convivio*, IV, V). O gesto seria atemorizante pela sugestão da Górgona, convergindo para a máscara da náusea, antecipação do vômito, traduzindo a impressão causada pela presença do desafeto e, posteriormente, associou-se a ideia do *stercus in ore, merda in bucca*, vitupério popular que refletia velhíssima afronta medieval que a legislação coeva registrou.

13
HORAS ABERTAS

As *horas abertas* são quatro: meio-dia, meia-noite, anoitecer e amanhecer. São as horas em que se morre, em que se piora, em que os feitiços agem fortemente, em que as pragas e as súplicas ganham expansões maiores. Horas sem defesa, liberdade para as forças malévolas, os entes ignorados pelo nosso entendimento e dedicados ao trabalho da destruição.

As aberturas do corpo não são as verdadeiras *entradas* para esses inimigos constantes e misteriosos, e sim outros pontos diversos que instintivamente resguardamos: os pulsos, o pavilhão auricular, o pescoço, entre os dedos, os jarretes, a fronte. Por isso é que as joias foram inventadas, ocultando no exterior ornamental a intenção secreta da custódia mágica. Colares, brincos, pulseiras, anéis, diademas, os enfeites para os cabelos, argolas para as pernas, tornozelos, são guardas vigilantes, repelindo as sucessivas ondas assaltantes que tentam por essas regiões, onde a pele dizem ser mais fina, permitindo a penetração insidiosa.

As *horas abertas* correspondem a essas vias de acesso ao corpo humano. São horas diversas de pressão e desequilíbrio atmosférico, predispondo os estados mórbidos às modificações letais.

Em 1944, na residência de Batista Pereira, na Gávea, o Prof. Anes Dias, da Faculdade de Medicina, perguntou-me quais eram, para o povo, as chamadas *horas abertas*. Ouvido a exposição, enumerou os elementos da meteorologia médica suscetíveis de haver motivado a tradição. Lembrei que certos remédios, notadamente os purgativos, jamais são ingeridos fora de um horário rigoroso, evitando as *horas abertas*, ameaçadoras. Jaime Cortesão, presente, recordou a mesma crença em Portugal, possuindo os seres fabulosos e apavorantes que aparecem, invariavelmente, nessas horas sinistras.

Foram clássicos os vocábulos, em trezentos anos de uso, ligados à superstição, *aramá, eramá, ieramá, muitieramá*, significando *em hora má*. Na ambivalência natural, meia-noite e meio-dia prestam-se às rogativas benéficas, mas constituem exceção. As orações e pragas nessas horas são apelos violentos, irresistíveis, obrigando a obediência divina.

Comum e popularmente, a *hora má é a hora aberta*.

14
A "ovelha negra"

Em toda família ilustre e velha existe um membro desajustado e causador de escândalo. É a *ovelha negra, black lamb, brebis noir, Schaf Schwarze*. No rebanho vive um animal insubmisso e difícil. É *a ovelha negra*. Num partido político um correligionário desacomodado, exigente, pessimista. É a *ovelha negra*.

O Sr. Brasil Gérson, escrevendo sobre o ex-futuro Barão de Vila Rica (*O Jornal*, Rio de Janeiro, 27 de abril de 1958), lembra à pretensão do sonhado título nobiliárquico "se aproveitou a *ovelha negra* da nobre família Lima e Silva (do Duque de Caxias), o *bon vivant* Manuel Luís Lima e Silva". Essa *ovelha negra* elaborou uma alta chantagem, arrancando dinheiro a quem deseja ser barão.

Diz-se que semelhantemente na Inglaterra, na Alemanha, em Portugal, na Espanha e nos países de língua francesa corre o *brebis noir*.

A ovelha, o cordeiro, o anho, símbolos da castidade, inocência, pureza; Cordeiro de Deus, ovelha pascal, *Agnus Dei*, animais votivos por excelência aos deuses; representações da mansidão, obediência, doçura, em milênios de história religiosa, tomam formas rebeldes e duras na imagem popular, significando a exceção condenada, constituindo a triste prerrogativa da exclusão na linha da bondade normal.

O prejuízo ocorre pela presença da cor negra, votada aos deuses subterrâneos, cor dos abismos, ideia da Noite, o Erebo, o Caos, as Parcas sem piedade, da Morte, a negra Morte, e da negra Miséria. É a cor denunciadora do sofrimento, da crueldade, da paixão interior, desejos materiais, acabrunhantes e esmagadores. Alma negra. Negro destino. Horas negras. Quando Gerard de Nerval fala no *soleil noir de la mélancolie* refere-se à origem etimológica da Melancolia, a bílis negra, *mélas-kholé*.

O animal negro era dedicado às forças obscuras da terra, aos deuses telúricos, à grandeza misteriosa da Tellus Mater na Grécia e Roma, Tétis e Gaea, mãe dos seres, inesgotável nutridora dos viventes.

Na *Ilíada* (III), quando Páris desafia Menelau para um combate singular, terminando desta forma a luta entre gregos e troianos, uma cerimônia preliminar se impõe: o sacrifício de um cordeiro branco ao Sol e de uma *ovelha negra* à Terra. Mandados por Heitor, dois arautos troianos trouxeram os animais e Agamênon mandou Taltíbios buscar as vítimas, guardadas no bojo dos navios argivos. O próprio Rei Príamo oficiou, degolando as ovelhas *com o impiedoso bronze*.

Tétis, com Hélios e as Erínias, tinha a missão suprema da vigilância, fazendo observar a santidade dos juramentos e a fiel observância da palavra dada, encarregando-se, com seus companheiros, de fazer castigar no Inferno o feio pecado da violação aos compromissos de honra.

Por isso Páris e Menelau a homenagearam antes do duelo prometendo o cumprimento exato de tudo quanto se pactuara, oferecendo-lhe pela mão do Rei Príamo a *ovelha negra*, como penhor do trato formal.

Era assim em 1180, antes de Jesus Cristo nascer...

Essencial que a ovelha fosse negra, porque negra seria a cor indispensável para qualquer animal destinado à expulsão dos males, emissário de pecados, cujo tipo mais ilustre é o famoso Azazel, o Bode Expiatório de Israel. O principal era a cor, *aussi noir que possible*, como reparou *Sir* James George Frazer.

No rebanho, a ovelha negra é a *marcada*, de antemão escolhida para o sacrifício, eleita pelo destino da pelagem à imolação fatal, indicada sem remissão para satisfazerem pactos ou pecados alheios. Pode ser ou não ser uma má ovelha mas sua morte a distanciará de todas as companheiras do redil. A *ovelha negra* era, funcionalmente, a exceção na normalidade da espécie. Excluía-se do comum, do habitual, do rotineiro, do usual. O seu caráter de animal sagrado não afastaria a crença de sua finalidade inapelável.

Esse índice de excepcionalidade, fechado ciclo religioso com o advento do Cristianismo, não mais tendo o sentido de aplicação litúrgica e não desaparecendo do vocabulário vulgar, fixou-se como o tabu dos *animais marcados*, os entes que têm, notória, uma tacha, um sinal que os diferencia do normal. "*Se Deus o marcou, alguma cousa lhe achou!*" – ainda diz o povo. O Velho Testamento mandava afastar do altar (Levítico, XXI, 18-21) homens e animais (Deuteronômio, XV, 21) portadores de anomalias dentro do culto consuetudinário. A *ovelha negra* era uma exceção como vítima protocolarmente escolhida. Não havendo a função e resistindo à tradição, estaria *marcada* para o Mal porque para o Bem não mais era possível, dissipado o cerimonial onde era elemento propiciatório.

Ficou a *ovelha negra* sendo, aos olhos cristãos, uma reminiscência viva da religião condenada do Paganismo, índice oblacional aos deuses terríveis da Terra, que da vida (Homero, *Ilíada*, III, 245). Destinada à expiação sacra entre gregos e romanos, a *ovelha negra* encarnou, no mundo cristão, a expressão sacrificial ao pecado, ao erro, à desobediência dos preceitos divinos.

Mesmo depois de 394, quando o Imperador Teodósio mandou fechar o Templo das Vestais em Roma, o derradeiro recanto onde os deuses recebiam oferendas, os costumes prolongaram a existência religiosa antiga entre os camponeses, aldeias e campos, e a *ovelha negra*, muito depois da oficialização cristã, continuou abatida aos manes defuntos do Olimpo. Talqualmente o Bode e a Cabra, que não tiveram acolhida nas lendas cristãs, a *ovelha negra* é uma sobrevivência pagã legitimíssima.

Esta é, para mim, não a estória, mas a história da *ovelha negra*.

15

EMPRENHAR PELOS OUVIDOS

No tímpano da primeira arcada à direita do altar-mor da Igreja da Madre de Deus, no Recife, está um quadro figurando a anunciação à Virgem Maria e ao mesmo tempo a concepção do seu divino Filho. Nossa Senhora ajoelhada ouve o anjo mensageiro do Altíssimo e, das alturas, desce em diagonal um raio luminoso, alcançando a orelha esquerda da Mãe de Deus.

O eflúvio do Espírito Santo impregna a Santa Virgem de sua potência criadora. Emprenhar vem de *impraegnare*, impregnar.

É uma expressiva materialização, a *lo divino*, da frase feita popular, empregada na acepção dos que formam opinião e julgamento pelos critérios orais, murmúrios, boatos, rumores, a *ouvida vaga* da antiga processualística.

Para a antiguidade mitológica, a fecundação podia independer do contato masculino e das vias naturais receptivas. Os inumeráveis casos de gravidez *sine concubito* motivaram debates judiciários na Idade Média e os tribunais davam ganho de causa às esposas dos cavaleiros cruzados que combatiam na Terra Santa fecundando as mulheres a distância e em sonhos. Mani, a égide da mandioca, foi gerada em sonhos no ventre de sua mãe.

A lição clássica era idêntica. Júpiter concebera Minerva e a trouxera na cabeça. Juno concebera Marte comendo uma flor que crescia em Olene, na Acaia, e Hebe nascera pela demasiada ingestão de alfaces selvagens. Ci tivera Jurupari por ter saboreado abundantes cocuras-do-mato, a porumã, *Pourouma cecropiifolia*, Aubl. A Cobra-Grande amazônica engravida as cunhãs pela irradiação de sua presença nas águas e não ejaculação do sêmen. No romance de Dona Ausenda, tão popular pelos séculos XV e XVI, cita-se uma açucena que *cualquier mujer que la come, luego se siente preñada*. É corrente, por essa fecundação via oral, dizer o povo *comer*, como sinônimo de copular. Certas frutas predispõem à prenhez. "Tempo de caju, tempo de menino." Sobre o pequi (*Caryocar brasiliensis*, Camb), o Imperador D. Pedro II, na jornada à Cachoeira de Paulo Afonso em 1859, informou: "O meu guia foi um Fulano de Tal Calaça (Manuel José Gomes), conhecedor deste sertão até Juazeiro, e dos Cariris Novos, onde, segundo me disse, as mulheres emprenham na estação do pequi, excelente fruta, mas um tanto enjoativa, para ele, por causa do *oroma*, pronúncia dele".

Dos evangelistas, apenas Lucas (I,35) registra as palavras do anjo: "Descerá sobre ti o Espírito Santo, a virtude do Altíssimo te cobrirá com a sua sombra".

Durante séculos discutiu-se a forma material da divina concepção.

A tradição oriental mais poderosa indicava o ouvido, por que por ele entravam o conhecimento, a sabedoria, a palavra de Deus. Toda pregação e ensino eram orais e não escritos. Ouvidos e não olhos. O ouvido era o centro do equilíbrio, da estabilidade física. Um distúrbio no ouvido interno impossibilitaria a direção uniforme e a marcha em linha reta.

Essa doutrina prevaleceu sem maiores disputas. Na noite de 23 de dezembro de 428, na Basílica de Constantinopla, o Arcebispo Proclus pregou sobre a maternidade de Maria, afirmando o que era então ortodoxo: "*Le Christ est sorti du sein de la Vierge comme il y est entré, par l'ouïe*".

No momento, o Arcebispo Proclus, de Bizâncio, era a lei de Deus para todo o Oriente, e não o Pontífice de Roma, Celestino I.

Essa imagem veio atravessando tempo e credulidade no âmbito popular. Em fevereiro-março de 1534, François Rabelais, que em 1530 se fizera *bachelier* em Medicina, na Faculdade de Montpellier, faz nascer o seu Gargantua pela orelha esquerda da Senhora Gargamelle. O percurso fora o seguinte: "*Par cet inconvénient furent ou dessus relâchés les cotyledons de la matrice, par lesquels sursauta l'enfant, et entra en la veine creuse, où la dite veine se part en deux, prit son chemin à gauche et sortie par l'oreille senestre*". A intenção irreverente não se fundamentava numa evocação de velho conceito outrora verídico, mas naquele princípio do século XVI, o nascimento de Jesus Cristo, verdadeiro Deus e verdadeiro Homem, não excepcionava dos demais partos, dentro da obstetrícia normal. Escolhendo o nascimento auricular, Rabelais sugeria o exemplo fisiologicamente monstruoso, e localizava a orelha esquerda, justamente aquela onde incide o jorro cintilante do Espírito Santo e que ainda se representa, contemporaneamente, na Igreja da Madre de Deus, no Recife.

O mistério seria a fecundação que, no século V, o Arcebispo Proclus reafirmava ter sido pela orelha, e ainda, vindo ao mundo também por esse conduto. Saíra como entrara, pelo ouvido.

Rabelais não perdeu a oportunidade zombeteira, pelo tempo em que a pilhéria ocorria: *"Car je vous dis qu'à Dieu rien n'est impossible, et, s'il voulait, les femmes auraient dorévant ainsi leurs enfants par l'oreille"*.

O povo não discutiria o poder de Deus mas já se impusera a uniformidade do parto para todos os viventes, vivíparos e ovíparos.

Quando o Brasil se povoou, essa crendice desaparecera há muitos séculos, mas a frase permanecia nova e própria para os que *emprenhavam pelos ouvidos*, tendo a voz humana o poder fecundador, porque era hálito, sopro orgânico, criador de Vida, como fizera Jeová na argila manejada pelas suas mãos potentes.

O Prof. Menezes de Oliva estudou mais detidamente esse motivo no seu excelente *Você sabia por quê?* (Rio de Janeiro, 1962).

16

CRUZAR AS PERNAS

No código das boas maneiras, no Brasil Velho era proibido cruzar as pernas, uma sobre a outra. Denunciava claro abandono às normas essenciais da educação severa e nobre, dando a impressão desfavorável de uma intimidade que ultrapassava os limites da confiança familiar.

As meninas e mocinhas do meu tempo recebiam a recomendação expressa e categórica de jamais pôr uma perna em cima da outra. Valia um ultraje para os preceitos fundamentais dos bons modos.

Se alguma, mais espevitada e trepidante, fingia esquecer o dogma e punha a perna cruzada, era fatal o bombardeio dos olhares reprovativos e, sempre que possível, um bom e discreto beliscão, avisador da infringência.

Fui educado com essas exigências. Menino e rapaz, não *passava a perna diante de gente de fora*, visitantes ilustres, convidados de categoria solene. Minha mãe, afável e simples, nos dias serenos dos seus oitenta anos, nunca se atreveu a tomar essa posição, delirantemente delituosa.

Um dos elogios comuns ao Presidente Arthur Bernardes (1922-1926) era jamais violar essa regra no Catete ou fora dele. Não se recostava no espaldar da poltrona e não era capaz de descansar uma perna, cruzando-a na outra. Os *antigos* ficavam encantados com essa obediência ao estilo de outrora, *quando havia gente bem-educada*.

As meninotas e mocinhas sentavam-se hirtas, verticais, durinhas como bonecas de Nuremberg, os pezinhos juntos, os joelhos unidos, omoplatas sem esfregar nas costas da cadeira. Sabiam *estar*, sem assumir atitude de quem se aninha para fazer sono.

Era a lei do velho bom tempo, para quem nele viveu.

Nas *Cartas chilenas* (V, 242-244), Critilo reprova o abandono dessa obrigação elementar, descrevendo ao amigo Doroteu as festas em Vila Rica, comemorando os casamentos dos príncipes de Portugal com infante e infanta de Espanha, em 13 de maio de 1786:

> Ninguém antigamente se sentava
> Senão direito e grave, nas cadeiras.
> Agora as mesmas damas atravessam
> As pernas sobre as pernas...

Era assim. O Presidente Arthur Bernardes orgulharia Critilo.

M. L. Barré, estudando quadros de Pompeia, anotava uma mulher que está nessa dispensável posição: *"L'attitude dans laquelle notre figure est assise, la jambe droite croisée sur le genou gauche, était considerée par les anciens comme peu décent et même de mauvais augure: elle était interdite dans les réunions publiques. Cette position indique donc que la jeune dame se croit dans une solitude absolue"*.

Reencontrando qualquer figura em que se repetisse a representação, Barré não olvida a advertência da inconveniência da posição, pouco decente para os elegantes romanos no tempo do Imperador Tito, e mesmo anotada pelo naturalista Plínio.

Mas, pelos manes dos Flávios, por que esse interdito proibitório?

Era o mesmo que alguém, presentemente, *fazer figas* ou *pôr a língua de fora*, num salão de sociedade digna desse nome.

Cruzar as pernas era um gesto mágico, uma defesa, um ato de repulsa, e ligado aos mistérios e intimidades de Lucina, a deusa da boa hora obstetrícia. Cruzar as pernas, notadamente a mulher, era ação maléfica contra a expulsão do feto. Dificultava, retardava a normalidade do parto. Ilítia, a deusa com esse encargo parturiente, cruzou as pernas para que Alcmena padecesse dia e noite antes de dar à luz Hércules. Era a cruz, o *tau* agoureiro, um gesto antecipador de horas dolorosas que podia ocorrer a quem executasse a malfadada posição. Estava, inconscientemente, atraindo o sofrimento para quando chegasse sua vez de ser mãe. Convinha, evidentemente, evitá-lo, para que não ocorresse.

Essa era a razão doméstica em Roma, que Barré dispensou-se de informar. Era um costume antiquíssimo e que viera da Grécia, com Ilítia, que se tornou a Lucina em latim. Veio sendo espalhado com o convívio das famílias nas províncias, imperiais, consulares, aliadas. E foi ficando até os nossos dias, numa recordação do gesto, vedado e sinistro.

Transmitiu-se ao ensino íntimo das boas maneiras quando já se perdera o sentido religioso, outrora vivo e poderoso.

Sem mais conhecer os fundamentos secretos, o misterioso poder de cruzar as pernas, as velhas donas brasileiras atualizavam o código das matronas romanas.

Embora os rapazes não pudessem ser castigados, deveriam dar o exemplo de compostura decorosa.

E, como dizia Nicolau Tolentino, findando o século XVIII:

> Foi a glória dos antigos,
> Hoje é mofa dos modernos!

17

BODES, CABRAS E CABRITOS

Chamamos *cabra* ao filho do mulato com a negra e não é simpático ao folclore sertanejo. *Não há doce ruim nem cabra bom.* O tratamento de "cabra" é insultuoso. Ninguém gosta de ouvir o nome. Reage quase sempre. Todas as estórias referentes aos "cabras" são pejorativas e são eles entes malfazejos, ingratos e traiçoeiros. Mas não é o cabra que evoco, mas a Cabra, *capra*, uma presença na cultura popular de qualquer país.

Debatem a origem europeia da cabra, vinda da *Capra ibex* do solutrense e madaleniano, ou da *Capra egagrus*, também dita *C. primigenius*, parecendo ter vencido a contenda essa última.

Viera da Armênia, Pérsia, sul do Cáucaso, passando ao Mediterrâneo, Sicília, Itália Peninsular, Espanha. Ainda a *Capra ibex* defendia sua liberdade nos Alpes e montanhas possíveis e já a *C. primigenius* suportava convívio e exploração humana. *Ibex e egagrus* aparecem nas palafitas suíças, cavernas francesas (Roque, Hérault, Baoussé-Roussés), e na Itália neolítica, Vibrata, nos Abruzzos. O europeu levou-a para a América. Dessa fonte nascem as estórias caprinas, com as convergências inevitáveis, na técnica de *quem conta um conto, aumenta um ponto*.

A cabra e seu esposo, o bode, mereceram ambiente religioso e ainda se fala no Bode de Mendes, força do ímpeto fecundador, também sabedor de segredos comprometedores ao casal como aliado às potências infernais e íntimo das bruxas e mesmo encarnando o demônio. O Bode Preto era a forma clássica do Diabo nas festas dos *sabats*. O Bode Sujo é sinônimo português ainda vivo no Brasil.

O arqueólogo Woolley encontrou em Ur, na Caldeia, 3.500 a.C., estatuetas de cabras, erguidas nas patas, deliciosamente esculpidas em madeira, incrustadas de ouro e lápis-lazúli. Uma visão rápida no *Ur excavation* (Royal Cemetery, Oxford, 1934) dará imagem da perfeição conseguida e abre espaço às disputas, se a cabra era ornamento ou objeto votivo. Creio pouco na intenção puramente decorativa há cinquenta e cinco séculos. Tudo teria indicação mágica, religiosa, propiciatória.

Desta participação religiosa a cabra nunca se libertou inteiramente. Não se aproximou de santo algum e não há lenda ou estória em que figure como elemento favorável. Familiar, doméstica, da intimidade sertaneja, não inspira confiança integral ao povo. Em lenda alguma da literatura oral cristã comparece a cabra num plano de boa educação ou afeto. Na etiologia de sua voz, há uma condenação popular que tivemos de Portugal. "Cristo nasceu!" – cantou o galo. "Onde?"– muge o boi. "Em Belém!" – baliu a ovelha. "Mentes, mentes" – resmungou a cabra, guardando até hoje a negativa gaguejada e pagã.

Pela rusticidade da alimentação, devia aclimatar-se rapidamente no século XVI e a carne, comumente assada, ainda figura nos cardápios populares. O cabrito é de tradicional louvor. Sem quase nenhuma atenção ao seu sustento e embora elevado ao título de *miunça*, tendo direito ao curral privativo, o inevitável *chiqueiro das cabras* junto à casa vaqueira do Nordeste, não dá praticamente cuidado no plano da criação.

Foi o leite de cabra a grande alimentação da criança no Brasil Velho e não o das vacas. Mais grosso, substancial, robustecedor. Em 1810, Henry Koster, indo do Recife a Fortaleza por terra, viajando a cavalo pelo interior, pôde garantir que a maioria das crianças sertanejas era alimentada pelo leite de cabra. *"Children are frequently suckled by goats"*. Diga-se, de passagem, que o leite de vaca nunca foi popular no sertão. Ninguém o bebia. O leite coalhado e o queijo, sim, eram decisivos. Nunca o leite puro e sim acompanhando, como sopa, batatas, jerimum, farinha, adoçado com rapadura. O leite de cabra tinha o primeiro lugar. Era uma herança milenar, porque a cabra fora o animal leiteiro por excelência, cantado em Hesíodo, Virgílio, Teócrito, e não as vacas.

Tão grato estava o sertanejo que dera às cabras o título de *comadre*, galardão de supremo bem querer. *"The goat that has been so employed always obtains the name of COMADRE, the term which is made use of between the mother and godmother of a child"* – escreve Koster. Para que um velho vaqueiro de 1810 desse a um animal o nome de *comadre*, era preciso uma capitalização de sentimentos afetuosos e gratos. Nenhum outro gabar-se-ia dessa vitória. Somente a Cabra, entre todos os animais de trato útil, era Comadre. Goza da fama de dispensar água. Ou procurar beber muito parcimoniosamente. O mais difícil no sertão é o jumento morrer de fome e a cabra morrer de sede. O primeiro come tudo. A segunda quase não bebe.

O Dr. Nogueira Paranaguá (*Do Rio de Janeiro ao Piauí pelo interior do País*, Rio de Janeiro, 1905) escreveu sobre a cabra: "É, não só importante como fonte de renda, como útil, pela resistência de que é dotado este animal, que pode passar muitos meses sem beber água, apresentando-se sempre nédio, além de fornecer abundante leite!".

Permite prognósticos sobre chuvas quando escaramuçam, enfrentando-se, chifre contra chifre, fingindo duelar, ou alinham-se, antes do escurecer, nas proximidades do beiral da casa, como procurando abrigo.

Dizem que toda a cabra ou bode fica invisível uma hora por dia e esta é a duração de uma rápida visita ao amigo Satanás no Inferno. Contam mesma façanha na Inglaterra. O perigo do leite de cabra é transmitir ao lactente o caráter inquieto, buliçoso, arrebatado, da amamentadora. O menino demasiado vivo, arteiro, endiabrado, tem a justificativa no leite de cabra.

Fico pensando que a intranquilidade sexual do Zeus Olímpico talvez tivesse explicação no leite da cabra Amalteia, em que ele mamou.

A tradição de o corno de Amalteia ser o símbolo da abundância inesgotável não mereceu persistência entre os povos ibero-americanos. Os chifres caprinos não têm o mesmo prestígio da cornamenta taurina. Apenas o pequenino e curto chevelho do cabrito alivia a dor de cabeça, a de pontada. Seria mais indicado o dos carneiros, porque brigam às cabeçadas heroicas. Deixou o cabritar, cabriolar. A "barba de bode". O inglês diz *goatee* ao cavanhaque. Em alemão, *Meckerer* é o rabugento, resmungão, berrador, de *meckern*, o berrar das cabras.

O bode eternamente enamorado, mais em potencial que suficientemente, permite uma outra anedota e mesmo com certa colaboração medicamentosa, sempre no terreno sexual. Comentava-se, na então Vila de Augusto Severo (RN), em 1910, de um grande fazendeiro que tomara chá de barba de bode, utilizando não a planta (gramíneas) mas o cavanhaque de um bode patriarcal. Fora contraproducente o resultado. Ficou com diarreia.

É um dos animais, o mais típico, para os processos feiticeiros da transferência simbólica de moléstias venéreas.

Qualquer velha bruxa de outrora, sabedora de orações e remédios fortes, informava do poder do Bode, sinônimo diabólico, temido e respeitado na ambivalência natural. Desde o hipotético Bafomet dos Templários aos bodes bufantes do sertão, a memória popular relembra episódios e alude aos mistérios insolúveis, porque, como afirmava Luís Gama:

> Cesse, pois, a matinada
> Porque tudo é bodarrada!

18

Frei Antônio das Chagas no Folclore brasileiro

Antônio da Fonseca Soares nasceu na Vila de Vidigueira, Alentejo, a 25 de junho de 1631 e faleceu no convento franciscano de Varatojo, a 20 de outubro de 1682. Foi capitão de cavalos, soldado valente, batendo-se na campanha da Independência de Portugal. Esteve na Bahia. Poeta, espadachim, elegante. Abandonou as aventuras para ser frade, professando no Convento de São Francisco de Évora, 19 de maio de 1663. Missionário apostólico. Instituidor do Seminário de Varatojo, no convento fundado pelo Rei D. Afonso V. É um clássico do idioma. Sua bibliografia é clara, viva, cativante, num estilo de equilíbrio e pureza onde a nobre simplicidade não oculta a força original de um espírito lúcido e ágil.

Numa sua *Carta a um amigo*, reunida a outros trabalhos e publicada em 1687, Lisboa, oficina de Miguel Deslandes, há um mote em redondilha que o frade glosa em quatro décimas. Assim diz a redondilha:

> Grande desgraça é nascer
> Porque se segue o pecar,
> Depois de pecar morrer,
> Depois de morrer penar.

Dona Carolina Michaelis de Vasconcelos encontrou a redondilha de Frei Antônio das Chagas no anonimato das trovas populares portuguesas. As modificações indispensáveis faziam ao sabor do entendimento lírico. Rodney Gallo reproduziu-a:

> Triste sorte é a nossa;
> Depois de nascer, pecar,
> Depois de pecar, morrer,
> Depois de morrer, penar.

 Essa quadra deve ter vindo para o Brasil, impressionando a inspiração dos improvisadores da cantoria sertaneja. Leonardo Mota (1891-1948) registrou uma oitava do cantador Anselmo Vieira de Sousa, reproduzindo-a no seu *Cantadores* (1921). Identifiquei-a, divulgando a origem no *Vaqueiros e cantadores* (1939). A redondilha de Frei Antônio das Chagas circula na legitimidade das cores brasileiras, ampliada na lógica instintiva do velho cantador analfabeto do Ceará. O poeta, que recusou a mitra episcopal Lamego, não poderia prever a viagem surpreendente de seu verso, provocando uma composição autêntica na literatura oral do Brasil.

> Triste sina de quem nasce
> porque depois de nascer,
> não escapa de mamar,
> depois de mamar, viver.
> Depois de viver, pecar,
> depois de pecar, morrer;
> Depois do corpo pecar
> A alma é quem vai sofrer!

19

VASSOURA ATRÁS DA PORTA

Uma das fórmulas aconselhadas para abreviar as visitas intermináveis é colocar a vassoura atrás da porta. Com a palha para cima e o cabo para baixo, ao inverso da posição em que é usada.

As informações vêm de todo o Brasil, porque ninguém ignora essa curiosa técnica com que os importunos são despedidos, ou obrigados a sair por uma força de impulsão mágica e livrar as vítimas de uma presença monótona e sonolenta.

Naturalmente os indígenas e os escravos africanos não conheceriam esse processo aliviador dos amigos insensíveis ao valor do tempo e menos ainda atendendo ao trabalho dos pacientes visitados.

Tivemos a vassoura de Portugal e com ela o complexo supersticioso ainda mantido. Expedir as visitas de permanência indefinida é uma dessas funções simbólicas. Não há quem desconheça essa aplicação da vassoura em qualquer recanto do Brasil.

Negros e amerabas varriam suas moradas, mas não sabemos se possuíam crendices decorrentes. No Brasil houve, ou ainda há no interior do Maranhão, uma *Nossa Senhora da Vassoura*.

Em Portugal verifica-se o mesmo hábito e de lá recebemos a crença em que muita gente acredita, além e aquém Atlântico.

Quando alguém encontrar uma vassoura atrás da porta, convença-se de estar presenciando um ato supersticioso com mais de vinte séculos de existência. J. A. Hild, estudando o deus Silvanus, e M. L. Barré, analisando as lucernas de Pompeia, permitiram que tomasse faro e rumo para a identificação do costume, através da quarta dimensão. Identificar a origem.

Silvanus, divindade campestre na campanha de Roma, confundia-se com Faunus, para introduzir-se nas moradas campesinas e praticar pequenos e grandes malefícios e diabruras desagradáveis, como o nosso Saci-Pererê. Para afastar Silvanus, informa Santo Agostinho, três deuses rurais socorriam a família ameaçada. Cada uma dessas entidades compareceria conduzindo um atributo de sua função profissional. Bastaria o dono da casa dispor em lugar bem visível os três objetos representativos dos três deuses, para Silvanus fugir e não voltar, tentando as proezas malandras. Esses objetos eram um machado, uma mão de pilão e uma vassoura. Como Silvanus vivia a vida selvagem, primitiva e rústica, *déteste ces outils hostiles à son empire*. Pilão, machado e vassoura são utensílios denunciadores de uma organização social regular, normal e acima dos costumes errantes de Silvanus. Era obrigado a deixar esse clima, bem acima e irrespirável para suas narinas de bosque umbroso e roçaria deserta. Restava-lhe apenas a fuga, afirma Hild. M. L. Barré, citando esse Silvanus doméstico, autor de visões noturnas, aterrador de crianças, "*et l'on croyait paralyser l'influence funeste de cette divinité en mettant un balai en travers de la porte de la maison*". Paul Sébillot registra a vassoura atrás da porta, atravessada e sempre invertida, espavorindo as bruxas na Baviera, Hesse, França etc. Essas bruxas tinham, coitadas, recebido a herança romana de Silvanus.

Hild e Barré morreram, sem saber da existência dessa vassoura supersticiosa no Brasil contemporâneo.

Mas a origem, até prova expressa e convincente em contrário, é essa que tomei a liberdade de expor...

20

Casas encantadas

O velho João Tibau, que muito bem conheci na Praia de Areia Preta, Natal, homem baixo e robusto, de força agigantada, lenhador, pescador quando nada tinha a fazer, bebedor emérito, contou-me essa estória.

Acordou pensando ser madrugada e saiu para fazer lenha e, como andasse depressa, chegou ao mato verificando ser noite alta, tudo escuro de meter o dedo no olho. Nem mesmo enxergava os paus. Foi indo, bangolando, fazendo tempo, quando ouviu uma música muito bonita e foi indo na direção do som. Era, com certeza, algum baile nas redondezas. Andou e andou e foi parar perto da Praia do Flamengo, além de Ponta Negra, rumo de Pirangi, avistando, da ribanceira que descortina o mar, um clarão. Desceu a barreira e empurrou-se para lá. Encontrou um grupo de cavaleiros, com grandes capas compridas, muito bem vestidos, nuns cavalos de raça, lustrosos e gordos, mas João Tibau não identificou ninguém. Quis acompanhar o grupo e acabou correndo quanto podia, mas tinha a impressão de apenas andar, pois não vencia terreno. O grupo desapareceu adiante, como se fosse fumaça. A praia estava clara pelas estrelas e o mar muito calmo. Tibau chegou perto da última curva e viu um palácio que era uma Babilônia, várias carreiras de janelas, todas iluminadas com uma luz azul que doía na vista. Chegando mais para perto, ouviu as rabecas e as sanfonas, o vozerio do povo se divertindo, e mesmo a bulha compassada dos dançarinos. Apressou mais o passo e ficou diante do palácio deslumbrante, todo cheio de luzes e músicas, de vozes e de cantigas, mas não via vivalma.

Aí arrepiou-se todo, pensando que fosse coisa encantada, e benzeu-se. Deu-lhe um passamento pelo corpo, escureceu-lhe a vista e deu cobro de si pela madrugada, já o céu todo claro, as barras do sol no mar. Viu então que estava diante das Barreiras Roxas.

As Barreiras Roxas são um revestimento de rocha a que a erosão deu forma caprichosa e variada de monumento, com salas, antecâmaras e um labirinto de recantos e furnas que o Atlântico escava e bate, mugindo como bicho feroz na preamar. Fica a pique da praia, recobrindo a barreira e dando, longe, a visão confusa de imensas ruínas medievais.

Paulo Martins da Silva, funcionário do Banco do Brasil, narrou-me em 4 de abril de 1938 esse episódio, subsídio para as casas encantadas.

Entre Pititinga e Rio do Fogo, na Barreira do Zumbi, existe um palácio encantado. Há anos passados, um pescador, chegando ao Tourinho, barreiras que estão entre Touros e o Rio do Fogo, encontrou outro palácio, iluminado, e ali um homem lhe entregou uma carta para a barreira do Zumbi, a duas léguas e meia de distância. O pescador foi entregar a carta e encontrou o palácio em festa, com muita gente, música, rumores de dança. Deu a carta. Deram-lhe de comer e beber. Pela manhã encontrou-se na praia nua. Tudo tinha desaparecido.

No Morro Branco, arredores de Natal, na encosta leste, os lenhadores e caçadores viam, outrora, uma casa branca, brilhante de luzes e sonora de vozes festivas, orquestra tocando, gente bebendo e cantando. Quem tinha coragem de aproximar-se via a casa sumir-se no ar e ficar apenas o mato bruto, cheio de sombras, com o murmúrio do vento na folhagem.

No Rio Potengi, entre Natal e Guarapes, há uma camboa que, nas enchentes, forma uma ilha, coberta de mangues. Essa ilha é assombrada ou mal-assombrada. Aparece uma grande residência, habitada, com vozes humanas que cantam, gritos de alegria, som de vidros entrechocados, rumores dentro e ao redor da morada. Pela madrugada desaparece e fica o mangue verde como habitante único na ilhota misteriosa.

O Coronel Quincó (Joaquim Anselmo Pinheiro Filho, 1869-1950), que tantos anos comandou a Polícia Militar do Rio Grande do Norte, contou-me esse acontecido em dias de sua mocidade, na cidade do Natal, nos primeiros anos da República.

Vinha da Ribeira para a Cidade Alta, pela Subida da Ladeira (Avenida Junqueira Aires), quando ouviu para o lado da Rua de São Tomé, paralela, uma valsa linda. Distinguia o fraseado solista das clarinetas e o contracanto dos bombardinos. Apressou-se e, logo no começo da São Tomé, com raros e espaçados moradores, havia um grupo de árvores maciças. A música cessara e Joaquim Anselmo encontrou apenas uma mulher alta, magra, com um xale.
– Onde é a festa? – perguntou. A mulher indicou o bosque com um estender de lábio, sem palavra. Quincó deu alguns passos e, nada vendo, voltou-se. A mulher desaparecera. Músicas, luzes, vozes dissiparam-se para sempre.

Filadelfo Tomás Marinho, Mestre Filó, pescador famoso que foi ao Rio de Janeiro comandando três botes de pesca em 1922, com 23 dias de mar, deu-me esse depoimento. Voltava de Genipabu na noite de lua embaçada e ao confrontar com a Limpa, já no Pontegi, viu um trecho da Praia da Redinha muito claro e cheio de gente animada. Como o outro dia era domingo e ele não ia *pras iscas* (pescar), resolveu ver a função e rumou a canoa para lá. A praia estava tão clara que os mangues, as árvores, tudo se destacava como de dia. Quando ia virando o leme para encostar, escapuliu-lhe da mão a escota e a retranca virou, cobrindo a vista com a vela. Levantou-a e reparou que a praia estava escura e silenciosa, sem um pé de pessoa, porque a lua abriu nesse momento. Estava mesmo no Cemitério dos Ingleses. Era uma assombração. Tocou-se para o outro lado sem mais demora. A casa de alpendre que ele vira, distintamente, também não estava e sim um cajueiro.

Essas estórias são incontáveis por todo o Brasil. Há pelas províncias, cidades e vilas, povoados e aldeias menores. Toda a gente aponta os lugares onde há uma casa misteriosa, que aparece e desaparece em determinadas ocasiões. Há mesmo testemunhas, como o velho João Tibau, o Coronel Joaquim Anselmo e mestre Filó.

Em que ponto da Europa essas estórias não existem? Vivem em todos os países e regiões, raças e estados de cultura.

O dominicano Étienne de Bourbon, que vivia no tempo do Rei Luís IX de França (1215-1270), reuniu muitas estórias da tradição oral francesa do século XIII, e outras de fontes impressas, denominando sua coleção *Tractatus de diversis materiis praedicabilbus*. M. Lecoy de la Marche publicou em 1877 um volume contendo os "exemplos" de Étienne de Bourbon, com o nome de *Anecdotes historiques, légendes et apologues tirées du recueil inédit d'Étienne de Bourbon*. Um desses exemplos, o de número 565, fixa muitos elementos das versões brasileiras do Rio Grande do Norte, aqui expostas.

Na França, eles estão ligados ao ciclo da Caça Fantástica. Este mito também existe no Brasil, mas reduzido aos rumores de uma matilha de cães e caçadores que passam sem vestígios.

Étienne de Bourbon conta que um lenhador de Mont-du-Chat (*Mons Catti*) ia uma tarde levando sua carga de lenha, ao luar, quando viu um grupo de caçadores a pé e a cavalo, cercados de cães esplêndidos. Perguntando a identidade dos fidalgos, responderam ser cavaleiros do Rei Artur e que voltavam para o seu palácio, convidando-o a acompanhar a comitiva. O lenhador seguiu-os e encontrou-se num castelo suntuoso, com damas e cavalheiros ricamente vestidos, comendo e bebendo. O lenhador comeu, bebeu, levaram-no para um leito de príncipe, onde se encontrava uma dama lindíssima. O lenhador deitou-se e adormeceu. Acordou na floresta, em cima do seu feixe de lenha...

O pescador Antônio Alves, de Areia Preta, que me contou a estória da Mãe-d'Água, incluída nos *Contos tradicionais do Brasil*, voltava numa boca de noite de Ponta Negra a pé pela praia. Perto de Areia Preta notou um sobrado, alto, todo branco, iluminado, que nunca vira embora por ali passasse frequentemente. Havia uma varanda muito larga onde havia gente dançando, indo e vindo. Aproximou-se e não ouviu música, mas a festa estava tão bonita que Antônio Alves "chegou-se pra perto". O pessoal estava todo vestido de branco e com uma espécie de capuz cobrindo o rosto. O pescador pensou que fosse ensaio de algum grupo carnavalesco, sem maldar. O povo que estava dançando virou todo de costas, como numa quadrilha e nesse momento levantou-se um pé de vento com areia que o cegou. Limpou os olhos mas a casa desaparecera, com os dançadores e só estava ali a Barreira da Muxila, muda e aterradora. Antônio Alves botou o pé e só parou em casa, mais morto do que vivo.

São, pelo exposto, depoimentos pessoais das casas encantadas...

21

Sua Alteza, o gato

Quem mata um gato tem sete anos de atraso. Solteiro que pisar rabo de gato não casa dos primeiros doze meses. Gato transmite asma. Engasgado, anuncia fome. Gato preto é agouro ou felicidade. Sendo de casa, para ele convergem os malefícios e deixa a família em paz. Sendo estranho, está trazendo as desgraças alheias.

Assim pensam na Europa. Carlos I de Inglaterra tinha um gato preto como amuleto. Morreu o gato e o Rei exclamou: *"My luck is gone!"*. E era verdade. *"It had. Next day he was arrested"*, informa *Mr.* Radford. O Barão do Rio Branco não os podia ver.

Não há animal que tenha maior número de suspeitas que o gato, companheiro amável ou hóspede intruso e detestado, também merecedor dos maiores elogios em prosa e verso de que existe notícia na espécie.

Pintado pelos mestres, esculpido pelos grandes, imóvel em porcelana, marfim, ouro, prata, tornado amuleto, passeando nas pulseiras, colares, brincos, broches femininos, é modelo de uma *Histoire des chats* (Paris, 1727), de Paradis de Moncrif, da Academia Francesa. A senhora Christabel Aberconway publicou (Londres, 1949) *A dictionary of a cat lovers*, com mais de duzentas biografias de amigos do felino, célebres em letras, artes, política, armas, economia. Cita apenas os mortos. Entre os vivos estavam Colette, La Gata, e o poeta T. S. Eliot, autor do *Old possun book of practical cat*. Félix Pacheco, *Boudelaire e os gatos* (Rio de Janeiro, 1934), compendiara muita notícia literária sobre o assunto. Tivemos mesmo uma famosa polêmica entre o brasileiro Tobias Monteiro, pelo gato, e o português Visconde de Santo Thirso, pelo cão.

Sou pelo cachorro. Teluricamente.

O povo não é realmente muito amigo do gato e sim de sua utilidade venatória, dedicada aos ratos. Senhorial, egoísta, esquivo, traiçoeiro, o gato é desdenhoso, fiel à casa e não ao proprietário. Ao conforto dos hábitos e nunca à pessoa que os proporciona. Mas é elegante, nervoso, magnético, incomparável nos gestos lentos, no espreguiçamento de odalisca entediada, nas graças sucessivas das atitudes originais e aristocráticas. Parece sempre superior ao dono da casa.

O brasileiro recebeu o gato do colonizador português e com ele as superstições. O português ama e teme o gato, numa ambivalência que o faz tratá-lo como a uma criança mimada ou divertir-se pondo-o dentro de um pote para partir às cacetadas ou pendurá-lo, vivo e miante, num alto do poste, numa vasilha, sobre a crepitante fogueira nas tardes festivas do fim das colheitas. Nós temos o *gato no pote*, inseparável nas alegrias festeiras, fiéis ao tempo velho.

Do Oriente, teve o português o respeito vagamente tenebroso ao gato. Viera com os orientais que se fixaram na Península Ibérica tantos séculos. Sua domesticação foi na África, entre os núbios. A presença no Egito não parece imediata, pois as primeiras dinastias não o tiveram. Mariette não encontrou desenhos de gatos nos túmulos de Sakara, 4500 anos antes de Cristo. Figuravam bois, asnos, cães, macacos, antílopes, gazelas, gansos, patos, cegonhas domésticas, pombas, galinhas da Numídia, as nossas guinés mas não camelos, girafas, elefantes, carneiros, galinhas e gatos. Espalhou-se em tipos inumeráveis pelo Oriente e fez da China um centro de irradiação.

Gregos e romanos não conheceram o gato e sua introdução mais viva na Europa é na Era Cristã. Essa é a lição dos mestres etnógrafos que não leram Aristófanes, na *Festas de Ceres*, 412 anos antes de Cristo, onde o gato era popular e já ladrão do jantar alheio, nas residências de Atenas.

Dizem-no raro na Inglaterra do século X e sua popularidade na França é de meados do século XVI. A dispersão europeia ter-se-ia verificado nos finais da Idade Média e multiplicado quando do ciclo das navegações, especialmente italianas. O português tê-lo-ia pelo árabe durante o domínio e também como carregamento de bicho raro em datas finais do século XV. Não há vestígio pré-histórico europeu. Ausente das palafitas.

Na Inglaterra deu, no século XVII, origem a lenda popular e querida do *Whittington's cat*. O herói tivera apenas um gato por herança e levara-o para terras infestadas pelos ratos e que desconheciam o gato. Fez fortuna. Voltou rico e foi Lorde Mayor de Londres. A lenda foi dispersa por quase toda a Europa, inclusive Escandinávia e Rússia. Popularíssimo se tornou o gato na França com o *Maistre* chat ou *Chat botté*, publicado por Charles Perrault em 1697 e que nascera de um conto do *Pentamerone*, de Giambattista Basile, Nápoles, 1634, mas anteriormente aproveitado o tema por Straparola, 1560, *Piacevoli notti*. O conto é popular em Portugal, de onde o tivemos, mas não tem grande repercussão na literatura oral brasileira. É uma estória lida e não ouvida. Ausente das nossas velhas coleções. Sagrado no Egito e com presença veneranda, custando a vida de quem o matava mesmo acidentalmente. Incontáveis múmias que Gaillard et Daressy recensearam (*Faune momifée de l'ancienne Egypte*, Le Cairo, 1905).

Para curar a coqueluche que ele provoca, come-se o gato assado. Quando de mudança, o gato vai dentro de um saco, com azeite bezuntado ao focinho para perder o rumo da casa antiga. Gato preto é sinônimo do Diabo. Nenhum santo o escolheu para companheiro. O indígena que adorou o cão, muito pouca simpatia teve pelo gato. O malandro carioca descobriu que o couro do gato era matéria-prima para cuíca e tamborim. "Mas veio o samba. E com o samba veio a cuíca. E para a cuíca, o malandro descobriu que o couro mais forte e mais harmônico é o do gato" (Orestes Barbosa, *Samba*, Rio de Janeiro, 1933). Noel Rosa aconselhava-o para o tamborim.

22

Espia-caminho

José Américo de Almeida (*A bagaceira*, Paraíba, 1928) foi o primeiro a registrar a ojeriza feminina contra uma leguminosa rasteira, vivendo à margem da estrada. "As lavadeiras deitavam a trouxa no chão para arrancá-las ou a espezinhavam furtivamente." Até poucos anos as mulheres do povo, mesmo carregando água, lenha, voltando com o cesto de frutas tiradas nos matos, detinham-se para destruírem essa plantinha humilde, denominada espia-caminho.

Foi uma complicação para identificar e outra maior para obter a classificação regular. Getúlio César, um mestre do folclore de Pernambuco, matou a questão. Trata-se de uma leguminosa papilonácea, gênero *Clitoria*, *Clitoria cajanifolia*, *Clitoria guyenensis*. Escreve-me Getúlio César: "Cresce um metro ou menos, sem espinhos. Prefere as margens dos caminhos porque é um vegetal exigente; só nasce em terra boa, e as margens dos caminhos são ricos pela poeira, restos de comida, urina e fezes deixadas pelos viandantes e animais. É também conhecida por *erva mijona* e *cascavel*, devido às suas vagens, quando secas, terem, quando balançadas, as estridências do guizo da cobra cascavel. A forma das suas flores é que guarda uma modalidade interessante. Apresenta-se como uma boceta feminina, completamente aberta, e uma, de flores escuras e grandes, rara, é chamada *boceta-de-negra*. As pétalas formam os grandes lábios e, no centro, os estames e androceu, guardados pela carena, que os envolve, dá a parecença de um clitóris; daí o seu gênero clitória. Essa é a razão de as mulheres embirrarem com essa flor. Não é uma superstição. Elas arrancam ou destroem as flores do espia-caminho por julgarem-na imoral. Ouvi de uma camponesa que comigo trabalhava, quando passamos por um renque de espia-caminho: 'Que fulô mais sem-vergonha! O diabo só nasce nos camin só prá se mostrá, mostrá a sua imoralidade!..'".

Presentemente a espia-caminho não irrita mais ninguém. Coexistência...

23
Conceito popular da ofensa física

A época em que morei no Tirol, bairro de Natal, coincide com a fervorosa inicial das pesquisas de Etnografia e Folclore.

Lembro dois mestres nessa Ciência do Popular, inesgotáveis de reminiscências e de notícias saborosas. João Monteiro, cearense do Aracati, falecido em junho de 1935, guarda municipal, antigo furriel do Batalhão de Segurança, encarregado de uma propriedade de meu Pai, colaborou no meu *Contos tradicionais do Brasil*, e várias estórias estão assinaladas com seu nome. O outro era Seu Nô, Francisco Teixeira, vigia de gado, depois soldado do Esquadrão de Cavalaria. Esse narrou uma proeza do Lobisomem, versão brasileira da confidência de Níceros, em Petrônio (*Satyricon*, LXII), e que incluí na *Geografia dos mitos brasileiros*, devidamente autenticada. Ambos conheciam o sertão velho e a cidade do outro tempo, costumes, figuras, regras do bem viver, um vasto e vivo direito consuetudinário sedutor. Como eram homens do povo, tinham autoridade de falar em nome do inconsciente coletivo, como dizia Jung, atualizando o imemorial e legitimando o primeiro arquétipo.

Sabiam apenas *assinar o nome* nos recibos e da hora eminente da decisão eleitoral. Podiam dizer como Sancho Panza: "*Yo no sé leer ni escribir, puesto que sé firmar*".

Um motivo de minhas indagações era o complexo do *Código Penal Popular*, as noções tradicionais sobre a responsabilidade criminal e as modalidades essenciais da culpa.

Foram, João Monteiro e Seu Nô, mestres seguros e leais porque a ciência era consciência para eles.

Para ambos, o homicídio era o mais defensável e natural. O ferimento grave ou leve não existia no plano diferencial físico, e sim moral. Entre uma facada no estômago e uma bofetada na cara, de mão aberta, estalante, não podia haver comparação e sentido de equilíbrio. A bofetada era positivamente um crime real, danoso, indisfarçável e de importância muitíssimo mais ampla que a punhalada.

Repetiam ditados antiquíssimos do julgamento anônimo: "Bofetada, mão na espada!", "Bofetão, sangue no chão!", "Bofetada, mão cortada!", "Mão na venta, não se aguenta!".

Os dicionários não registram a sinonímia vulgar desses golpes. Bofete, bofetada, bofetão, tapa, tabefe e tapona são sinônimos. No Norte, tapa é feminino e no Sul, masculino. Todos de mão aberta e com intenção humilhante, castigo aviltador, desmoralizante, com significação popular superior a um tiro, porque esse não *diminui* o moral.

A Moral liga-se aos preceitos religiosos. O Moral aos direitos sociais, dignidade, brio, compostura, vergonha pessoal.

O murro é que é de mão fechada. Soco. Punhada. É sinônimo de tapa quando aplicado nos olhos ou no queixo, silenciando o falador. Tapa-olho. Tapa-queixo.

O francês usa também a *tape*, de *taper*, *boucher*; *coup donné avec la main*, provocador dos duelos antigos. Victor Hugo fala numa ama cuja mão *était un magasin de tapes*.

O murro é um valor inferior à tapona na face, notadamente. Murro, tabefe, tapa valem conforme o sítio em que foram aplicados. São todos superiores aos ferimentos pelas armas. Levam um símbolo mais próximo do agressor.

Uma arma é um prolongamento da pessoa mais intrinsecamente material. A mão e o pé traduzem o próprio e completo indivíduo atuante. A mão e o pé não são instrumentos. Constituem a mesma criatura total. Uma navalhada no rosto não terá a mesma importância da tapona sonora, deixando o vergão acintoso. Os ferimentos pelas armas são moralmente inferiores.

Esse orgulho popular pela face, valendo vergonha, dignidade, pundonor, determinou modificação europeia nas penas deformantes da fisionomia. Na Espanha, as *Partidas* (ley 6, tit. 31, partida 7) aboliram-nas, porque *la cara del hombre hizo Deus a su semejanza*. João Monteiro dizia, gravemente: "A cara do homem é sagrada!". Quando Júlio César mandava, na manhã de Farsália, que seus soldados ferissem no rosto os elegantes partidários de Pompeu, teria razões de efeito mágico na mutilação da face inimiga, com o seu *Miles, faciem feri, cruel*.

Para Seu Nô e João Monteiro a *desfeita* verdadeira era *mão na cara* ou *abanar as ventas*. A primeira caracterizava a afronta e a segunda o desafio insuportável. Era o *chamar a terreiro*. Apelo à lide. A tolerância *rasgava a carta* da masculinidade. É o motivo dramático do *Cid* de Corneille, erguido nesses fundamentos psicológicos.

As *ventas*, nariz, são partes nobres. Intocáveis como a barba. No nhengatu, *ti*, *tin*, vale nariz, focinho, e também vergonha. *Inti parecô será tim?* Não tendes nariz, não tendes vergonha? Clássico, para o povo, o não ter *vergonha nas ventas*. Ouvir desaforos *nas ventas*. *Meter o dedo na venta* de alguém é a suprema injúria, humilhante. "Se ele repetir o que disse, meto-lhe o dedo nas ventas!". É ainda frase comum, especialmente no Sul do País. O pontapé vale a desonra. Desmoralização absoluta. Notadamente se foi dado nas nádegas. Nivelado aos cães. Nenhuma outra manifestação agressiva se equipara à brutalidade de sua significação. "Apanhar de pé!", a humilhação sem par. "Dou-lhe de pé!", não há pior ameaça para um homem. *Quem dá de pé volta deitado!* Volta na horizontal, posto na rede fúnebre de transportar cadáver, abatido na represália inevitável e obrigatória. Pontapé é *pra cachorro*. Os escravos reclamavam. Feria sua alma. Nosso Senhor tudo sofreu, mas não teve pontapés. Nem aos animais deve ser aplicado. Era a única repreensão sertaneja aos modos dos meninos da fazenda:

– *Deixe de ser bruto! Dando no bicho com o pé!...*

24

ESTÁ FRITO!

É a frase popular significando a perdição total de alguém. Irremediavelmente vencido, culpado, marchando para a execução da sentença coletiva. Inapelavelmente condenado pela opinião pública. *Frito!*

É igualmente uma "constante" verbal recordando a prova pelo *ferro caldo* ou especialmente pela água fervente em que o acusado metia a mão para alcançar, sem queimar-se, um anel ou uma moeda de ouro no fundo do vaso. J. A. S. Collin de Plancy, *Dictionnaire féodal* (II, 197), registra semelhantemente: "*On dit d'un homme, dont la cause semble perdue: CET HOMME EST FRIT. C'est toujours une suite des épreuves judiciaires. Un accusé, pour prouver son innocence, mettait la main dans l'eau bouillante ou sur le fer rouge: si cette main se brûlait, il était coupable, et condamné au bûcher ou à la potence*".

Esses horrorosos processos de prova desapareceram dos formulários judiciários cem anos antes de o Brasil ser descoberto. Tinham permanecido no vocabulário como imagens populares e o português trouxe a frase para o nosso uso normal.

25
ESTÓRIA DE TRANCOSO

O povo denomina *estórias de Trancoso* aos contos tradicionais, o documentário mais rico de nossa literatura oral.

Trancoso, Gonçalo Fernandes Trancoso, é o autor da primeira coleção de estórias populares em Portugal, *Contos e histórias de proveito e exemplo*, primeira e segunda partes publicadas em Lisboa por Marcos Borges, 1585, a outra edição em 1589, por João Álvares. Houve uma terceira parte, inédita, divulgada em 1596, por seu filho, Simão Lopes. As três partes, constituindo um só volume, apareceram em 1646, pelo impressor Antônio Alves, com várias reedições nos séculos XVII e XVIII. Em 1921 o Prof. Agostinho de Campos deu uma seleção antológica. São trinta e oito estórias, adaptadas de novelistas italianos e muitas de fonte popular. Trancoso era professor. A popularidade determinou dizer o conto popular *estórias de Trancoso*, numa generalização consagradora.

A primeira citação no Brasil encontra-se no *Diálogos das grandezas do Brasil*, III, 1618, onde Alviano diz: "Isto parece-me dos contos do Trancoso e, como tal, não me persuado a dar-lhe crédito". Não há, entretanto, nenhum elemento sobrenatural no volume. Muitas estórias estão vivas e sabidas no Brasil. Menéndez y Pelayo escreveu o melhor estudo sobre Trancoso (*Origenes de la novela*), a quem seus patrícios devem uma edição crítica. Por que *estória* e não *história*? João Ribeiro aconselhara-a em 1919, mas ficou escrevendo *História*. Propusemos a grafia em 1941, na Sociedade Brasileira de Folclore, usando-a sem solução de continuidade a partir do ano seguinte. Gustavo Barroso (*A Manhã*, Rio de Janeiro, 22 de novembro de 1942), comentando os estatutos daquela sociedade, elogiou a iniciativa numa brilhante exposição. Fundamentava-se, sem maior aparato erudito, na distinção imediata e visual entre a História, documentada, verídica, oficial, e o conto popular, como os ingleses têm *history* e *story*, podendo entitular uma *History of a folk story*, como fez Gordon Hall Gerould. História do Brasil. Estória de Trancoso. Vinte e dois anos depois, *estória* é corrente e comum no Brasil, nos títulos de livros e noticiário de imprensa. Fiquei compensado dos protestos e críticas quando comecei a estória em 1942. Já apareceram, naturalmente, vários *pais da criança* que a ignoravam nas décadas iniciais, mas estão encantados, vendo-a recepcionada e airosa.

26

CORRER COM A SELA

Para o poltrão, fugindo às obrigações, evadindo-se do cumprimento do dever moral, desertando das responsabilidades, desaparecendo no momento da angustiosa necessidade, dizemos que *correu com a sela*.

Originar-se-ia, provavelmente, do ciclo da pastorícia, do costume de andar a cavalo, daquele tempo em que os homens eram homens e viajavam a cavalo: *"when men were men and rode on horses"*, na frase de Harold Preece.

O cavalo, animal nobre, é credor de toda confiança. Quem o monta é o cavaleiro e do seu uso, nas batalhas, provém a cavalaria, fundamento aristocrático. O cavaleiro, apeando-se para qualquer necessidade natural, vendo sua montada fugir, desertando do serviço, *correndo com a sela*, deixando o senhor a pé, sem meios de condução no meio da estrada, só poderia considerar o ato como prova da mais baixa vilania e da mais cruel traição. Aplicaria a imagem ao homem desidioso, destituído de vergonha, indigno do convívio com decência e lealdade. Há, porém, outra explicação, histórica, comprovada e real.

Quando um fidalgo, desde o tempo das Cruzadas (séculos XI-XIII), portava-se indecorosamente nas campanhas militares, com notória pusilanimidade, tornando-se indesejável na classe nobre, era julgado pelos seus pares e condenado à expulsão ignominiosa. Raspavam-lhe a cabeça (descalvação), e daí a frase ainda corrente: *ficou com a calva à mostra*; quebravam-lhe as esporas, *les éperons brisés*, originando outra frase depreciativa: *é um espora quebrada*, desbriado, traiçoeiro, sem pundonor, e ao fim obrigavam-no a sair da assembleia carregando uma sela nos ombros. Saía, fugia, *corria com a sela*. Estava, para sempre, desmoralizado.

Collin de Plancy (*Dictionnaire féodal I*, Paris, 1819) informa que durante a primeira dinastia dos Reis da França (IV ao VIII séculos) havia um castigo idêntico, bem anterior. O francês culpado de algum crime de vulto era condenado a percorrer determinada distância, *nu en chemise*, levando um cão ou uma sela *sur ses épaules*.

Collin de Plancy não estabelece distinção entre nobre e plebeu. Creio que a punição reservar-se-ia preferencialmente para os fidalgos. Transportar uma sela seria a redução simbólica do cavaleiro à condição de animal de montada. Não era possível degradação mais aviltante e anulação mais dolorosa de todos os direitos senhoriais. Para um vilão, que não pertencesse à Cavalaria Viloa, a pena teria significação menos humilhante e cruel. Tanto faria carregar uma sela como a um cão.

Há outras acepções de *carregar a sela*, estudadas no *Anubis e outros ensaios* (245-250, ed. Cruzeiro, Rio de Janeiro, 1951) e no *Superstições e costumes* (235-239, ed. Antunes, Rio de Janeiro, 1958), sem que tenham relação mais expressiva com o nosso motivo presente.

Dizemos *correr com a sela* invariavelmente dirigido a uma criatura humana, faltosa e cobarde.

A origem virá da penalidade medieval ou do simples ato de o cavalo abandonar o cavaleiro, fugindo com todos os arreios?

Resta-nos o direito da escolha.

27

CANDEIA ÀS AVESSAS

Velha locução vulgar em Portugal e ainda viva no Brasil, valendo inimizar-se, desajustar-se, afastar-se do convívio de alguém, estar "de mau".

D. Francisco Manuel de Meio empregou-a: "Ando de candeyas às avessas com a gente" – *Visita das fontes*. "Até com o próprio João da Mena... estou de candeas às avessas" – *Hospital das letras*. Testemunhos da segunda metade do século XVII.

Candeia, candea, é o círio, vela, e não a candeia usual, de folha de flandres, lamparina, pequena lâmpada portátil, de querosene, sobrevivente nos sertões.

Castro Lopes (*Origem de anexins*, 201) e João Ribeiro (*Frases feitas*, I, 189) deram interpretações. Para o primeiro originar-se-ia do latim *Cum deis aversis*, com os deuses contrários. Para o segundo, *trazer candeia às avessas valia queimar as mãos*.

As soluções não parecem lógicas para a imagem do desavindo, distante das amizades, "rompido", desafeto.

No processo da *Excomunhão Maior*, lida a bula papal *qua quis excluditur a communione fidelium*, interdição pessoal do réu à qualquer comunicação cristã, o Legado Pontifício apagava o grande círio pascal, figurando a Fé, derribando-o por terra. Ficava a candeia ao inverso da posição normal e litúrgica, então acesa e na vertical. O *excomungado* estava na situação idêntica, moral e fisicamente ao contrário de todos os fiéis. De *candeia às avessas*.

Jean-Paul Laurens expôs em 1875 *L'Excomunication de Robert le Pieux* (Museu do Luxemburgo), fixando o trágico cerimonial.

Não creio ser outra a origem da locução.

28

Ficou com a calva à mostra

É a revelação dos defeitos à exposição de todos os observadores. Não haverá defesa hábil nem explicação suficiente para a vergonhosa constatação. Todos podem ver a verdade em sua triste individualização.

Calvar, descalvar era abater a vegetação que cobria um cimo de monte, ficando a elevação despida de arvoredo.

Quando um cavaleiro portava-se cobardemente na batalha, fugindo das fileiras, abandonando o posto que lhe fora confiado, praticando atos de vilania e subalternidade moral, tornava-se indigno do título e situação de fidalgo, sendo-lhe imposta a pena de *descalvamento, seguindo-se* a expulsão das hostes privilegiadas.

Um dos castigos consistia em ter a cabeleira cortada pela mão do carrasco, na presença de todos os antigos companheiros, testemunhas daquela dolorosa punição indelével.

Os cabelos longos eram atributos notórios da nobreza. O ex-cavaleiro, *com a calva à mostra*, estava publicamente degradado de sua condição aristocrática. Passava a ser um plebeu miserável e um poltrão por todos conhecido.

Difícil, muito rara senão impossível, a reabilitação.

Ficara com a *calva à mostra*:

Essa cerimônia realizava-se há uns setecentos anos passados.

O povo guardou a imagem.

29

PAGAR COM PALMO DE LÍNGUA

É uma ameaça popular dizer que alguém pagará o mal feito *com um palmo de língua*, ou *com a língua de fora*.

Mestre João Ribeiro (*Frases feitas*, II, 63) explicou que "o pagar com a língua de palmo era o mesmo que pagar com a forca e aludia-se ao já esquecido mísero gesto dos enforcados". Creio que a origem é outra.

Encontrei no *Elucidário*, de Viterbo (I, 261), sobre os *Descridos*, infiéis, blasfemos, arrenegados. Informa Viterbo: "Em 1315 mandou El-Rei D. Diniz, que quem quer que descreer de Deos, e de sua Madre, ou os doestar, que lhe tirem as lengoas pelos pescoços, e que os queimem. El-Rei D. Afonso V estabeleceo que todo aquele que sanhudamente renegar de Deos, ou de Santa Maria: se for Fidalgo, Cavaleiro ou Vassalo, pague por cada vez mil reis para a arca da piedade (dos cativos): e se for peão, dem-lhe vinte açoites no Pelourinho, em quanto o assi açoitarem, metam-lhe pela lengoa uma agulha de albardeiro, a qual tenha assi na lengoa ataa que os açoites sejam acabados".

O albardeiro era o fabricante de albardas e usava de uma agulha longa e grossa. Em qualquer dos castigos, o paciente teria o *palmo de língua* estendido fora da boca. Atravessada por uma agulha, não a poderia recolher. E o suplício era mais vivo a quem desejasse o castigo, pois se referia aos incrédulos e heréticos, homens de falsa fé, como julgaria ter-se portado o merecedor da imagem atroz.

Essa tortura jamais fora aplicada no Brasil, mas a lembrança popular não a olvidou para os perjuros e traidores da amizade.

30

As antigas saudações populares

*N*o velho sertão nordestino, que as rodovias modificaram pela incessante aproximação com o litoral, até o Ano do Centenário (1922), conservavam-se, quase imutáveis, as linhas-mestras da sociedade setecentista. Chefes políticos, vigários, professores locais mantinham, pelo exemplo natural da vocação obstinada, a fisionomia cultural de outrora, fiéis à herança poderosa do *regímen antigo* no qual haviam nascido.

Regime, *rejume*, era uma norma inalterável, forma de vida estável e natural. Vivendo, há meio século, nessa região do Rio Grande do Norte e da Paraíba, justamente no sertão mais típico e severo, sertão de pedra, o oeste norte-rio-grandense e as ribeiras paraibanas do Rio do Peixe e do Piancó, sou uma testemunha, uma memória sobrevivente desse ciclo que desapareceu quase por completo.

Essas reminiscências constituem o fundamento de estudos que a biblioteca e a viagem completaram no plano da atualização e do confronto.

Um desses motivos de pesquisa tem sido a saudação, a cortesia do sertão velho, aos visitantes, hóspedes, familiares.

A lição etnográfica é que a primeira saudação humana seria pela voz tranquilizadora ou aliciante. Nasceram as fórmulas da polidez milenar, troca de palavras numa convenção insubstituível. Alusão à presença física, à saúde, ao perpassar do tempo. Ainda vivem essas perguntas, estabelecendo a confiança pelo interesse cordial. É o modo internacional de saudar.

Pelo litoral atlântico onde vivia o indígena tupi, os cronistas registraram a troca ritual das palavras indispensáveis, rápido comento pela vitória da jornada até a aldeia fraternal.

ERE-UI PE? Vieste então? *PA-AIUT*, sim, vim. É o nosso íntimo: – Então? Por aqui? – É verdade, estou por aqui! Hans Staden saúda Cunhambebe: – Vives tu ainda? – O grande soberano selvagem responde apenas: – Sim, vivo ainda! – No mundo caraíba nas cabeceiras do Xingu, Karl von den Steinen fixou o cerimonial: – *Ama*: tu! *Úra*: eu! – Nada mais. Eu e tu estamos diante um do outro, individualizados, reais, autênticos. Vamos viver juntos como amigos. Entretermo-nos. Para que maiores circunlóquios?

Antes da palavra expressiva haveria o primeiro gesto, ainda contemporâneo, de mostrar as mãos, uma só mão no mínimo, visivelmente sem armas, agitada na homenagem ao advena. E deste àquele. Desarmados, na confiança cordial. Mudamos milhares de coisas, mas essa saudação ficou.

Andei uns tempos indagando sobre o *aperto de mão* (*Superstições e costumes*, ed. Antunes, Rio de Janeiro, 1958). Não havia no Brasil ameraba. É uma presença europeia. Em 1884 os bacairis "mansos" do Mato Grosso não compreendiam a significação da mão estendida.

O mesmo ocorrera na África Ocidental e Oriental. O preto não sabia apertar a mão como um cumprimento. Presentemente é um índice de aculturação. A saudação normal do *brasiliense* consistia nas frases: – Vieste? Vim! Eu! Tu! Eu bom! Eu amigo! Nenhum gesto acompanhava. Havia nalgumas malocas *a saudação lacrimosa*, de uso vasto e velho fora do Brasil. Seguia-se, em qualquer dos casos, a entrega de alimentos e das ofertas do estrangeiro. Receber o hóspede, chorando, era um processo da cordialidade feminina. O estrangeiro devia chorar também.

O sertão, mesmo do século XIX e primeiras décadas do XX, conheceu o aperto de mão para pessoas de sociedade, gente letrada, de importância. O sertanejo antigo não apertava a mão. Falava saudando. Ouvia, sorrindo, a resposta. Ainda hoje não é comum entre populares. Batem no ombro, nas costas, no deltoide. Fazem ar de riso. Mesmo o abraço é um toque de mão num ou em ambos os ombros. Bater no ombro é símbolo clássico de intimidade. Local de cerimônias fidalgas e sagradas. Andam de mão no ombro, amigos.

A saudação velha era essencialmente a palavra e não o gesto. Assim vi, há cinquenta anos passados. Identicamente entre o povo português, lavradores, gente do interior, fiel às regras de outrora.

No alpendre da fazenda velha. Lampião aceso. Conversava-se nas primeiras horas da noite. Os recém-vindos não vinham apertar a mão do dono da casa.

Entravam dizendo e ouvindo os períodos do preceito:
– Boa! Boa noite pra todos! Boa! Tome assento!
Na saída: – Bem. Vou indo! Até! *Intante*!...
E a resposta: – *Intantin*!... Instante, instantezinho, até breve, até logo.
Nas feiras via o encontro dos compadres, semanalmente avistados. Batiam nos ombros, com empurrões afetuosos que semelhavam provocações.

Nunca aperto de mão ou abraço. Este, quando em raro surgia, era um breve apertão na altura do deltoide. Entre nós, meninos, a educação mandava *salvar*, mas consistia infalivelmente nas frases: – Tá bom? Então? Como li vai?

As pesquisas posteriores nas cidades não modificaram o registro sertanejo. Bem poucos apertos de mão entre gente do povo. Batida no ombro, "a mão no ombro", denunciadora amistosa.

Vezes a roda já estava formada quando aparecia um amigo. Sorria, abanando a mão na direção de cada um de nós. Vinha *dar a mão* ao mais graduado, ao de respeito, não íntimo. Entre as mulheres, nenhuma diferença do observado. A saudação com a cabeça nunca vi ou dificilmente vi fora da igreja. E mesmo nos templos os sertanejos e agrestinos são desajeitados, esquerdos, com um ar de cumprir encargo acima das possibilidades ginásticas.

Alguns vaqueiros de Campo Grande (Augusto Severo, RN) só sabiam *bater nos peitos* ou fazer o sinal da cruz diante do altar. O Vigário Velho, Manuel Bezerra Cavalcanti (1814-1894), 54 anos vigariando a mesma paróquia, afirmava que o sertanejo *só sabe baixar a cabeça procurando rasto de bicho!...*

Meus tios e primos nas festas *da rua* (Vila) cumprimentavam o grupo numa brusca sacudidela de ombros e cabeça ao mesmo tempo. Estiravam a mão hirta, dura, de pau, sem apertar. Quem aperta a mão é *praciano*. Do sertão de São Paulo afirma o mesmo Cornélio Pires.

O adeus a distância era estender o braço, curvo, pouco acima da cabeça, a mão direita agitada, abanando com a palma voltada para dentro. Mostrando a palma da mão é influência moderna e das cidades. E fazendo o gesto de quem lava vidraça, mexendo a mão como limpador de para-brisa, é recentíssimo.

Esses eram *os estatutos* da cortesia sertaneja, no tempo em que vintém era dinheiro.

Os Drs. Arthur Neiva e Belisário Pena (*Viagem científica*, 1916) registraram uma aculturação. Já apertavam as mãos, mas a mão no ombro era indispensável. Informam os dois sábios: "Na zona percorrida da Bahia, Pernambuco e Piauí existe curioso modo de saudação entre os recém-chegados; apertam as mãos e em seguida pousam uma das mãos sobre o ombro do amigo, enquanto fazem perguntas de estilo. É cumprimento obrigatório e provavelmente representa hábito de etiqueta usada em outras épocas". A observação é de 1912. A etiqueta antiga seria a mão no ombro, unicamente. Assim saudavam-se os fidalgos cavaleiros da Idade Média.

31

Sua Excelência, o cachorro

O nome popular é cachorro. Cão é nome letrado, para quem sabe ler. Para o povo *cão* é sinônimo diabólico – cão-preto, cão-sujo, cão-tinhoso, cão-coxo.

Cadelo é pouco usado. *Perro* não passou ao Brasil.

O português trouxe o cachorro para o Brasil no século XVI e depressa o indígena, especialmente o tupi, adotou-o como um dos favoritos, um *cherimbabo* querido, guardador das malocas, companheiro inseparável. Para o Amazonas e Mato Grosso sua penetração foi lenta. Nas últimas décadas do século XIX ainda não alcançara as cabeceiras dos rios formadores do Xingu.

O cachorro sul-americano não latia e sua virtude era constituir uma iguaria, do México para baixo. Esse cão mudo não o conheceram os *brasiliensis*. Curioso é que cachorro seja nome mais popular que o cão. A denominação dada pelas tribos da Península Hispânica aos cães trazidos pelos iberos foi *perro*. Cachorro era de origem basca e seria usual então. Os romanos trouxeram o nome de cão, *canis*. Assim, cachorro é nome já tradicional na Península Ibérica uns 1500 anos antes da Era Cristã. E é o que resiste na preferência brasileira contemporânea.

Para estudo de sua mitologia basta Ângelo de Gubernatis e para a evolução semântica o assombroso A. Child. Dos mais antigos depósitos do quaternário saem seus vestígios ao lado do homem, antes que este se fixasse no abrigo permanente. É o mais antigo exemplo de domesticação útil. Foi o primeiro animal incluído na convivência humana.

Todos nós, quando crianças, o chamamos *auau*, *au-au*, onomatopeia do latido. Era seu nome entre os egípcios. Numa das estórias populares, a do *príncipe predestinado*, Maspero, Pierret, Loret encontram o hieróglifo *auo* ou *au* e sua duplicação, *auau*, significando o cão. Esse conto descobrira-o

Goodwin no dorso do papiro Harris-500, da época de Ramsés, 1300-1234 a.C. Divulgou-o Jorge Ebers.

Esse *aou* cria no copta o *oubr*, cão, o *ur* sumeriano, o *uru* assírio, o *gur* hebraico, o *ur* basco, com a natural intercorrência onomatopaica do *rrrrr*, sugerindo o rosnado do animal. Ainda o repetimos nós. Rabelais, no prólogo do III do *Pantagruel*, usa o *grr, grrr, grr*! Contra os teólogos da Sorbonne (1546).

Ainda emocional é que o vocábulo valendo o cão, *ur*, vale guardar e defender, dando a ideia de vila, fortificação, muralha. O cão continua com essa missão vigilante e Homero (*Odisseia*, VII) coloca dois cães de ouro e prata, forjados por Vulcano, à porta hospitaleira do palácio de Alcino.

Não vamos recordar os cemitérios de cães no Egito, em Siut, Shelk-Fadi, Feshu, Saqqarah e Tebas. Nem Anubis e Uapualtou, deuses de cabeça canina. Nem as múmias de cães, cilíndricas, com a máscara e dizeres de louvor. Os museus europeus estão cheios dessas coleções que o turista olha e passa. Na Índia e entre os muçulmanos o cão é animal imundo, poluindo pelo contato qualquer objeto consagrado (*Panchatantra, Calila e Dimna Hitopadesa*). Na Índia esse conceito do cão deve ser posterior ao *Mahabarata*, onde o Rei ludistira recusa subir ao Céu no carro luminoso de Indra porque o cão não o podia acompanhar (Livro X).

Em Roma era insulto o nome de cão, como chamou ao filósofo Demétrio o Imperador Vespasiano, *canem appellare* (Suetônio) e assim mimoseou ao esposo Trimalchion a doce Fortunata: "*Ultimo etiam adjecit: – Canis!*" (Petrônio, *Satyricon*, LXXIV).

Heli Chatelain, habituado com a tradição heroica do cão na Europa, surpreendeu-se com o cão africano ser um símbolo da sordidez, covardia e servilismo: *– but the dog, on the contrary, personifies all that is mean, servile, and despicable.*

Não encontro na sinonímia portuguesa peninsular cão valendo Satanás. Em Angola e na maioria dos idiomas bantos onde o português se projetou, a palavra fascinante para o negro insultar o companheiro foi sempre *diabu*, mais no sentido de feitiço do que de perversidade espontânea. Teria vindo pelos africanos arabizados?

Há nos Açores o cão-negro e o cão-tinhoso com o significado de demônio. Os açorianos vieram para o Brasil em maior quantidade na primeira metade do século XVIII, com os *casais* para o Sul. Emigrou o cão-demônio com eles?

De onde nasceria sua aristocratização no conceito popular, o cão valente, dedicado, fiel? Nas fábulas de Esopo e de Fedro, o cão não tem papel simpático nem nobre. Reaparecem em vários episódios de sua avidez, comuns no *Calila e Dimma* e no *Katha Sarit Sagara*. Esopo acha-os *descontentes e irascíveis*. No *Roman de Renart* o cão aparece sem maior brilho na corte de Noble, o leão, mas se distancia das artimanhas e velhacarias da raposa invencível. Creio que a Idade Média, com as caçadas fidalgas, com a indispensabilidade do cão, elevou-o ao grau de companheiro nas proezas cinegéticas e nas guerras ao Infiel. Aos pés dos Cruzados dorme o cão de pedra, o derradeiro fiel.

Que diz o povo sobre o cão? Quando ele uiva está chamando desgraça e o contraveneno verbal é dizer-se: "Todo agouro para cima do teu couro!". Ou emborca-se um sapato, virando-se a palmilha para cima. O cão calar-se-á. Cavando na porta da casa, abre a sepultura para o dono. Abrindo buracos com o focinho está com a mesma profecia. Mas, se cavar com o focinho voltado para fora, anuncia dinheiro. Dormindo de barriga para cima, agouro. Deitado com as pernas dianteiras cruzadas, bom agouro. Rodando sem parar pela casa, está afugentando o diabo. Dormindo e ganindo, está sonhando. Urinando na soleira, prognóstico feliz.

Uiva sem razão quando vê as almas do outro mundo, a aproximação da morte. Eram os cães sacrificados a Hécate e avisavam sua presença invisível no uivo tenebroso e uivavam vendo os deuses, os lêmures, as sombras dos mortos (Virgílio, *Eneida*, IV; Ovídio, *Fastos*, I; Horácio, *Épodos*, V; Teócrito, *Idílios*, II; Homero, *Odisseia*, XVI). O cachorro pesunho (com um dedo suplementar) vê perfeitamente o lobisomem e o persegue furiosamente.

Para não crescer, pesa-se com sal. Para não fugir, enterra-se a ponta da cauda ou os escrotos debaixo do batente da casa ou, nas fazendas de gado, no mourão da porteira. Erguendo-o pelas orelhas, fica mofino (covarde). Para livrá-lo da hidrofobia, deve ter nome de peixe. Puxando-o pela cauda, torna-se cachorro ladrão ou fujão. Para não ter tosse, sabugo de milho ao pescoço. Com a orelha cortada na Sexta-Feira da Paixão, jamais terá hidrofobia. Quem sofre de pesadelo deve fazer o cachorro ficar debaixo da cama. Perde o faro se passarem uma bolinha de sebo na ponta do rabo e dá-la a comer. Recupera o faro esfregando-lhe no focinho sangue de veado ou de tatu. Quem maltrata ou mata um cão deve uma alma a São Lázaro ou a São Roque.

Daniel Gouveia (*Folk-lore brasileiro*, Rio de Janeiro, 1926) registrou: "Não se deve cuspir nos cães, porque depois de nossa morte, na longa travessia que se fará até chegar à casa de São Miguel, onde serão julgadas as nossas almas, sentimos uma grande sede e neste longo percurso só encontramos a casa de São Lázaro; aí, se não cuspimos nos cães, somos servidos com água boa e fria, e ao contrário, somos acossados por dentadas implacáveis".

Para alguém curar-se de úlceras ou feridas brabas fazem, pelo Nordeste e também no Amazonas, promessas de oferecer um jantar aos cachorros de São Roque ou de São Lázaro. Prepara-se o melhor e mais abundante jantar, estende-se toalhado no chão, com pratos e travessas, e a cachorrada da vizinhança comparece para servir-se e brigar ao final, despedaçando muita coisa. Mas a promessa está paga e os santos ficam satisfeitos com essa homenagem aos seus cães fiéis.

Um cão desconhecido que nos acompanha na rua é sinal de felicidade. Não a conheço no Nordeste e Norte do Brasil, mas deve existir no Sul porque me foi apontada por Mário de Andrade. É comum na Europa, e Edwin e Mona Radford anotaram na sua *Encyclopaedia of superstitions* (Nova York, 1949), referente à Inglaterra: "*A strange dog following you is a sign of good luck*". Cachorro sacudindo-se repetidamente e sem razão está adivinhando chuva no sertão, e na cidade, novidades.

A tradição é que, desde gregos e romanos, o cão vê os deuses e os mortos. Na *Odisseia* (XVI) Minerva aparece a Ulisses e anima-o. Telêmaco não a vê. Os cães, porém, ouvem e veem a deusa, sem ladrar, tremem, ocultando-se num recanto, com surdos ganidos de pavor.

Eloy de Sousa contou-me que, no Ceará-Mirim, um seu velho amigo político, Pedro de Oliveira Correia, estava deitado na sala de visitas de sua residência quando bruscamente o seu cão atirou-se para frente, ladrando de alegria, agitando freneticamente a cauda, erguendo-se nas patas, como se festejasse pessoa querida. E assim, aos saltos, num júbilo incessante, foi pelo corredor, como que acompanhando a invisível pessoa que o encantava. O Coronel Pedro de Oliveira Correia era viúvo e o cão pertencera à sua esposa. Estava convencido de que o cachorro vira a morta e a identificara, com aquela inopinada e sonora manifestação de reconhecimento.

Francisco José Fernandes Pimenta, o Capitão Chico Pimenta, irmão de minha mãe, morador no município de Augusto Severo, foi grande fornecedor de estórias e tradições sertanejas ao seu curioso sobrinho. Disse-me ter possuído um cachorro que lhe fora presenteado pelo seu amigo João Gualberto, e este falecera meses depois. Uma noite, Chico Pimenta acordou com o alarido festivo do cachorro, saltando, abanicando o rabo, doido de contente, como se visse um amigo, dentro da sala em que dormiam. Chico Pimenta ficou arrepiado e começou a rezar o Credo. Ao findar, veio-lhe à lembrança João Gualberto e perguntou: "João Gualberto?". Nenhuma resposta. O cachorro deitou-se, enroscou-se e adormeceu, sereno. A visita fora embora...

Na literatura oral o cachorro é uma presença amável, generosa, destemida, leal. Mas isto é outra estória.

32

É UM ALHO!

Qualquer dicionário dirá o *Allium sativum*, Linneu, como sinônimo de homem esperto, arguto, atilado. Essas liliáceas foram trazidas de Portugal no século XVI, indispensáveis na alimentação lusitana desde tempo imemorial. Em Portugal o alho é remédio, condimento excepcional, amuleto, tônico, tendo um sem-número de predicados mágicos e nutritivos para o povo. Os demônios, fantasmas e bruxas não podem agir onde sentir-se o cheiro de alho e sobre pessoa que o tiver ingerido. A literatura oral portuguesa registra numerosas menções e a antiguidade clássica do alho em Roma afere-se nas citações de Plauto, Virgílio, Horácio.

Curiosamente a força mágica do alho veio para o Brasil com a mesma potência irresistível. Todos os seres fabulosos temem e evitam o alho. O Saci-Pererê, a Caipora, o Curupira, os Botos conquistadores, a falsa Mãe-d'Água na sua encarnação de sereia cantora, loura e de olhos azuis, fogem do alho como o diabo da cruz. É uma defesa contra os feitiços malfazejos. Cabeça de alho no bolso afasta qualquer força malévola de feitiço contrário.

Todos esses atributos vieram de Portugal, porque o alho não existia no Brasil antes que os portugueses instalassem o domínio colonizador. E manteve no Brasil os mesmos poderes que possui em Portugal.

Não sei como mestre João Ribeiro (*Frases feitas*, I, 82) escreveu: "Alho é o sujeito que parece gente e não é, mete-se a sabido e sai tolo".

Pessoa alguma em Portugal e Brasil dirá que alguém é *um alho*, sendo tolo. Alho é o esperto, vivo, ágil, inventivo, sabendo desembaraçar-se das dificuldades.

O conjunto de alhos, porção deles, diz-se *alhada*, valendo problema, confusão, complicações. "Não me meto em alhadas!". Era, no século XVI, uma sopa de alhos, espessa, saborosa, nutritiva. "Meu pecado me meteu nesta alhada", diz Jorge Ferreira de Vasconcelos na *Eufrasina* (IV, 4).

O segredo dessas forças mágicas está no cheiro forte, penetrante e persistente do alho. Horácio escreveu contra ele um épodo, *Allium detestatur*, e consta do *Mil e uma noites* o episódio em que o seu odor perturbou uma noite de núpcias. Raquel Mussolini, viúva do "Duce", narra que o Príncipe Aimone de Savoia, indo visitá-la a bordo do iate em Brione, apresentou desculpas por ter comido alhos, sensíveis no hálito. O olor é que constitui uma infração social. Deve haver razões de milênios para os demônios, os elegantes do convívio aristocrático, não suportarem o aroma do alho. Mas seu consumo, em todas as classes portuguesas, denuncia-se pelo versinho quinhentista de Sá de Miranda:

> E podem cheirar a alho
> Ricos homens e infanções.

33

Quem mente se engasga

O mentiroso – crê o povo – não pode deglutir normalmente durante a enunciação da falsidade. Engasgar-se-á, fatalmente.

A mentira faz inchar o bolo alimentar, difícil de engolir. Há mesmo a imagem vulgar: *Essa eu não engulo! Ele engoliu todas as estórias!* Relacionando a mentira com a ingestão alimentar. É preciso enfeitá-la com as cores da verdade para que possa escorregar pela garganta assimiladora.

Na Idade Média, o acusado de furto era convidado a comer um pedaço de pão de cevada sobre o qual o sacerdote dissera a missa. Se não lhe fosse possível deglutir o pão, era declarado culpado. Collin de Plancy diz originar-se dessa prova a imprecação: "*Que le morceau de pain, m'étouffe!*". Daí, indiscutivelmente, nasceu a nossa crendice de o mentiroso engasgar-se se comer enquanto diz a mentira.

Collin de Plancy (*Dictionnaire féodal*, II, 13) evoca um episódio clássico na Inglaterra. O Conde de Godwin prestou esse juramento durante um jantar, apoiando uma afirmativa duvidosa, e morreu sufocado com um pedaço da côdea do pão, sobre o qual jurara.

34

PROMESSA DE TRÊS GRITOS

Há, pelo interior do Brasil, sobretudo na região do Nordeste, santos cuja intervenção benéfica é satisfeita com três gritos, bem altos e ao ar livre.

Esse estranho ritual pelas graças alcançadas vive desde tempo antigo porque "os mais velhos", perguntados, respondiam unanimemente. Conheciam o estilo desde crianças. E era normal por que a ninguém surpreendia.

O primeiro, alfabeticamente, é São Dino. O Barão de Studart (1856-1938) ensina, no Ceará: "Para encontrar coisas perdidas, promete-se gritar três vezes por São Dino. Achada a coisa, diz-se: *São Dino é o santo mais milagroso da corte celeste!*".

Não consegui notícias biográficas de São Dino.

O segundo é São Longuinho, um dos cinco desse nome, todos mártires, expostos no *Martyrologium romanum*; Getúlio César registrou em Pernambuco: "As crianças, quando perdem qualquer coisa, são instruídas a fazer uma promessa a São Longuinho, nos seguintes termos: 'Meu São Longuinho, se eu achar o que perdi, dou três saltos, três gritos e três assobios'. Achando o objeto perdido, a promessa é imediatamente paga com estridência".

O terceiro é São Vitor, um dos trinta e cinco registrados no *Martyrologium romanum*. Pereira da Costa (1851-1923) anotou em Pernambuco: "Para achar-se um objeto perdido, basta oferecer-se três vivas a São Vitor". O *Vitor!* expressão aclamativa, de excitamento e de aplauso, comum do século XVI em diante, nas fontes castelhanas e portuguesas. João Ribeiro (1860-1934) e Alberto Faria (1869-1925) estudaram o assunto, sem que se referissem à tradição brasileira das promessas de três gritos.

No sertão do oeste norte-rio-grandense existe a promessa infantil a São Dino e a São Longuinho. Pagava-se, no meu tempo, gritando por três vezes: *Achei, São Dino!* ou *Achei, São Longuinho!*

35

DESEJO DE MULHER GRÁVIDA

Um episódio policial de 1900 teve, na cidade de Natal, a mais lisonjeira repercussão. O chefe de Polícia, Dr. Francisco Carlos Pinheiro da Câmara, mais conhecido por Chico Farofa, ouviu de um ladrão de galinhas a explicação de que o furto fora cometido pela necessidade de atender ao *desejo* de sua mulher grávida. Mandou-o pôr em liberdade, pagando o preço das galináceas, a fim de não prejudicar a gestante. Semelhante registro ocorreu em Villanazar, em Zamora, na Espanha, segundo informação do sábio Prof. A. Castillo de Lucas (*Folkmedicina*, Madri, 1958), absolutamente idêntico ao que sucedera na capital potiguar:

> ¡La vida de la prenada,
> Es vida privilegiada!

Certo é que o *desejo*, imprevisto, estranho, inexplicável, da mulher que *está esperando*, assume proporções de um dever social para a sua satisfação. Há quase vinte séculos, Dioscórides aconselhava terapêutica e indicava regime dietético. Estava convencido de sua importância para a vida fetal. Por toda a Península Ibérica, Itália, América Latina, França, é uma tradição merecedora do mais profundo respeito popular.

Chamam, não *desejos*, como no Brasil e em Portugal, mas antojos, que para nós é a fase dos enjoos, náuseas incoercíveis, alergias, hipersensibilidade, emoção fácil e comovedora, fisiologicamente. *Envie*, na França. Mas em Portugal do Padre Manuel Bernardes dizia-se antojo na acepção de *desejo*: "Como em algumas mulheres pejadas, que lhes pede o seu *antôjo* comer cal, e carvão, e outras piores cousas". Antes, porém, na era de Sá de Miranda, *antojo* era apreensão, esquisitice, preocupação:

> Come de toda a vianda,
> Não andes n'esses ANTOJOS.

Mas, *desejos*, na mesma significação contemporânea, corria no *Romanceiro*. No romance *Dona Aldonça* há uma prova, insofismavelmente anterior ao princípio do século XVI, quando a maioria dos romances foi refeita e acomodada a outros ritmos e mesmo, alguns casos, vocabulário, vindos da centúria anterior.

> Ai! dizei-me, ó Valdivinos,
> Que levas na aba da capa?
> – Amêndoas verdes, meu tio.
> DESEJO de uma pejada.

Se o "desejo" não for satisfeito o filho nascerá com a boca aberta ou com o objeto desejado numa representação cutânea. Identicamente, na Espanha: "*Si una mujer embarazada siente un deseo vehemente de algo y no lo satisface, nacerá el hijo con alguna mancha, lunar o señal en la piel que recordará el objeto deseado*", informa o Sr. A. Sánchez Perez (*Supersticiones españolas*, Madri, 1948). O mesmo na França, ensina o Dr. Guillemonat: "*On croit vulgairement que, si cette envie n'est point satisfaite, l'enfant portera sur la peau, sous forme de tache, de tumeur, l'empreinte ineffaçable de l'objet convoité par la mère*".

No Brasil, quem se nega a cumprir o *desejo* terá um terçol, hordéolo, como índice do castigo. No *Dicionário do folclore brasileiro*, recolhi alguma notícia e bibliografia sobre o assunto.

N. M. Penzer, anotando o *The ocean of story* (I, *apendix-III*, Londres, 1924), na parte sobre *The dohada or craving of the pregnant woman: a motif of Hindu fiction*, evidencia a presença poderosa da *dohada*, o *desejo*, nas Índias e suas formas múltiplas de uso e crendice. Inclusive vários vegetais têm *dohadas*: "*The vegetable kingdom also has its dohadas*". Uma repercussão deste *desejo* vegetal possuímos no Brasil. Certas árvores de fruto dependem de ser ou não tocadas ou tratadas por mulheres. Outras o plantio é privativo de um sexo, como o amendoim, que, já em 1587, Gabriel Soares de Sousa informava que plantio e colheita eram tarefas unicamente femininas. Outras espécies, como o mamão ou a bananeira, só o homem deve plantar e colher. Algumas devem ser abraçadas por homem para que frutifiquem. Da Espanha do Rei Carlos II (1661-1700), há documento expressivo que Paul de Saint-Victor divulgou. Reagindo contra as demasias protocolares de sua camareira-mor, a Duquesa de Terra Nova, a Rainha Marie-Louise d'Orléans deu-lhe duas bofetadas. A fidalga, neta de Fernando Córtez, foi queixar-se ao rei, acompanhada por quatrocentas damas de sua onipotente família. Carlos II ouviu a rainha, que se limitou a dizer: "*¡Señor, esto es un antojo!*". Radiante, o rei autorizou-a a dar na camareira-mor quantas bofetadas quisesse. E, explicou à Duquesa de Terra Nova: "*¡Cailla os, estas bofetadas son hijos del antojo!*". Restava à duquesa compreender e calar-se, como sucedeu. E Saint-Victor conclui: "*Or, les 'envies' de la grossesse avaient force de loi en Espagne. Lorsqu'une femme enceinte, fut-ce une paysanne, désirait voir le Roi, il se mettait au balcon pour la satisfaire*".

A irresistível vontade da mulher grávida, determinando uma obrigatoriedade de satisfação, denuncia que o "desejo", malacia, dijejo, dejejo, pica (sinonímia do Prof. Dr. Fernando São Paulo), é um índice da mulher valorizada e prestigiosa, como portadora da vida. Ocorreria em estágios ou fases da sociedade em plano superior de compreensão, respeito, veneração. Apesar da defesa clara e hábil de Koch-Grunberg, recusando-se ver na mulher indígena o animal de trabalho, inferior e resignado a uma missão permanente de produção e silêncio, *o desejo* não ocorre entre as ameríndias. São elas mulheres idênticas às demais do mundo, mas devia haver uma limitação decorrente do costume, da força religiosa na cotidianidade do uso tribal.

Creio que a inexistência no *desejo* entre as mulheres indígenas é devido à tradição da *couvade*, submetendo mulheres e homens a um regime alimentar com delimitações intransferíveis. O *desejo* encontraria na *couvade* a impossibilidade da satisfação. Só podia e devia comer certos e determinados alimentos e não seria possível, e menos crível, a ocorrência do *desejo* violador do *tabu*, ligado à própria sobrevivência do filho, constituição orgânica e destino no seio da tribo e do mundo indígena. Onde existisse a *couvade* a mulher *desejaria* o lícito, o permitido, dentro das regras e jamais a variedade estonteante que se verifica nos documentários formais. A *couvade* não se restringe aos alimentos, mas também proíbe certos gestos, esforços, trajes, ocupações, fronteiras asfixiantes para a vastidão do *desejo*, como Somadeva recolheu na Índia, há setecentos anos, e vive ainda pelo Brasil, diário e comum.

36

Mente por todos os dentes

São frases ainda populares: *Mente por todos os dentes da boca; se caísse um dente em cada mentira, já estava desdentado.*

Qual será a relação dos dentes com a mentira? Arrancá-los era o castigo aos mentirosos.

No ano de 974 o Conde de Castela expediu uma carta de foral aos moradores de Castro Xariz. Num dos artigos, justamente aplicado ao mentiroso quando processado em juízo, encontra-se a pena que a imaginação popular, ainda contemporânea, julga indispensável como punição ao réu. Diz o foral: "Se entre nós e ele ocorreu caso de multa (*calúnia*) proceda-se a inquérito legal da nossa e da sua parte, e se alguém der testemunho falso, provando-se-lhe, *arranque-lhe o Concelho a quinta parte dos dentes*".

Nesse 1964, estamos com 990 anos de distância, da legislação que apenas confirmava direito consuetudinário vigente, secularmente anterior.

Na voz do povo é outra contemporaneidade do milênio.

37

Puxar a orelha

Nas tradições populares a orelha possui vasto documentário. Aos ladrões cortavam as orelhas (*Ordenações afonsinas*, livro I, título 60, § 11) e ficou no uso velho e vulgar em Portugal e Espanha, alastrando-se pelas Américas. Decepar a orelha ao inimigo vencido era o supremo troféu. A Fé e a Ciência, ou seja, o Conhecimento, entravam pela audição. Era o pavilhão auricular dedicado a Mnemosine, a deusa da Memória. Daí o uso de puxar a orelha aos estudantes para que decorassem ou não esquecessem o que aprendiam. Processo de mnemotécnica. Qualquer história antiga e minuciosa registra esse furor de cortar orelhas. Os portugueses fizeram maravilhas no Oriente, empilhando as orelhas derrotadas. Começou por Vasco da Gama, cortando 800. Afonso de Albuquerque perdeu o número. No Brasil tornou-se uso e costume. Bartolomeu Dias, esmagando um quilombo de escravos fugidos, deixou-os a todos sem orelhas. Nada menos de 7.800 que ofereceu ao Conde de Bobadela, capitão-general. No *Dicionário do folclore brasileiro* a informação é maior, incluindo o costume romano de levar as testemunhas pela orelha ao tribunal, para que prestassem depoimento.

Puxar a orelha era uma invocação à deusa da Memória, atendida pela conservação imediata do que se procurava reter mentalmente. Maneira especial de pedir a intervenção sobrenatural de Mnemosine.

O castigo de cortar as orelhas, antiquíssimo e comum, era punição por não haver *ouvido*, entendido, compreendido, atendido à voz da lei.

João Brígido (*Ceará:* homens e fatos, Rio de Janeiro, 1919), informando sobre a data de 3 de março de 1741, escreve: "Um alvará dessa data ordena que os escravos, que se encontrassem em quilombos, estando neles voluntariamente, fossem assinalados com um *F*, e na resistência tivessem uma orelha cortada. Esta pena se podia aplicar por simples mandado do ouvidor, do juiz de fora ou do juiz ordinário".

38

Não meto a mão no Fogo

"Não meto a mão no fogo" por alguém é não responsabilizar-se pela inocência alheia.

Uma das justificações nos ordálios da Idade Média era a prova do *ferro caldo*. Quem alegava inocência submetia-se a pegar numa barra de ferro aquecida ao rubro e caminhar com ela na mão por alguns metros. Envolvia-se a mão em estopa, selada com cera, e três dias depois abria-se a atadura. Se a mão estivesse ilesa, sem sinal de queimadura, era evidente e provada a inocência. Se tivesse queimadura, provada estava a culpabilidade e era imediata a punição pela forca.

Um episódio tradicional em Portugal verificar-se-ia em Leça do Balio, ao redor de 1324, com Marina, esposa de Estêvão Gontines, acusada de adultério, levando o *ferro caldo* sem que a mão sofresse a menor injúria. Motivou o romance de Arnaldo Gama (1828-1869), *Balio de Leça*. A prova do *ferro caldo* ainda foi empregada em Portugal ao correr do século XIV.

Um índice da permanência dessa purgação no espírito do povo é a frase, comuníssima no Brasil, em Portugal, Espanha e França: *Não boto* ou *boto a mão no fogo*, referindo-se à inocência ou culpa de alguém.

39

TRÊS CIGARROS NO MESMO FÓSFORO

Em 1919 estudei Medicina no Rio de Janeiro. Aulas práticas no pardieiro da Praia de Santa Luzia e as teóricas no palácio da Praia Vermelha, recém-inaugurado. Sem nenhuma influência dos professores, alguns magníficos, e pela simples ação catalítica da Anatomia e da Fisiologia, Benjamim Batista e Oscar de Sousa, ficamos livre-pensadores, ateus, hereges, dispensando Deus do jogo mecânico do Universo e explicando, com ignorante empáfia, os segredos humanos e cósmicos. Como nunca dispensei o Sobrenatural, uma admiração fervorosa desse tempo era dedicada ao Barão Ergonte, o poeta Múcio Scévola Lopes Teixeira, professor de Ocultismo (1857-1928), encantador e variado na conversa fascinante e recordadora.

Cultivávamos a incredulidade como fundamento da liberdade "científica", mas éramos todos profissionalmente supersticiosos. Cada um de nós possuía seus mistérios, prudências, evitações cabalísticas.

A crendice mais geral e comum era não acender três cigarros no mesmo pau de fósforo. O terceiro cigarro era aceso tocando-se no segundo, já fumegante. Diretamente ao fósforo, dois. Somente dois, no máximo. Tal era a lei. Acender o terceiro cigarro era estabelecer a tríade, o triângulo fatal, partindo da mesma unidade ígnea, o fósforo aceso. O terceiro cigarro funcionaria como o vértice do triângulo, o cimo tenebroso, apontando para o escuro do Incognoscível indecifrável. Era o mesmo fundamento de não passar-se por debaixo de uma escada, um respeito de toda a Europa e que o Embaixador Joaquim Nabuco cumpria, fielmente. Como o triângulo é base de valores mágicos, sua representação, quando não provocada intencionalmente, é uma advertência ou prenúncio alarmante.

Três cigarros no mesmo fósforo desenham o triângulo luminoso.

E, naquele 1919, havia o fósforo de cera que foi retirado do mercado pela superstição de dar *azar*, sugerindo a vela funerária, o cheiro do ataúde. Com esse, os três cigarros valiam uma provocação aos deuses obscuros que o Destino comandava.

O número três, de tão extensa literatura ocultista e religiosa, determina que se evite seu implemento em coisas vivas ou de imediata utilização.

As velhas cozinheiras não matavam três galinhas com a mesma faca.

40

Arrepio, passagem da morte

*E*studando a luz trêmula (*Superstições e costumes*, Ed. Antunes, Rio de Janeiro, 1958), escrevi: "Vez por outra, a chama de ouro oscilava, tremendo ao sopro de invisível vento misterioso. Vezes o morrão estalava, esturrando. A voz da narradora de encantos, Xerazade matuta, sustinha o fio da evocação, erguia a mão seca, persignando-se.
— Que foi, tia Lica?
— Passou uma alma!"

Em qualquer ponto do Brasil popular a chama que oscila sem vento sensível anuncia a passagem de uma alma familiar, espírito do grupo doméstico, revendo a morada terrestre. Por isso tia Lica fazia o sinal da cruz. Valia uma saudação de reconhecimento afetuoso.

O povo acredita que a Morte tenha forma e limitações somáticas. Ocupa um lugar no espaço. Deslocando-se, provoca um movimento no ar que a cerca, como a qualquer criatura humana e viva. Não faz rumor, mas não pode deixar de produzir sinais que *os antigos* sabiam identificar, como quem decifra uma escrita hieroglífica. O povo *sabe*, na visão apavorante do espectro, se a alma é *boa*, deixando o Paraíso em missão orientadora, ou *má*, vinda do Inferno num "comando" satânico. E se é realmente *alma do outro mundo* ou *visagem* engendrada pelo *Medo*, que é um deus poderoso. Mas isso é outra estória...

Quando uma alma passa, a chama das velas ou das lâmpadas treme como se fosse tocada por uma aragem. Quando sentimos um estremecimento súbito, incontido, um inexplicável arrepiamento no dorso, leve eriçar de cabelos, uma sensação rápida de frio, o gesto instintivo de erguer os ombros, não tenha dúvida, *a Morte passou* por perto, roçando-nos.

Há o mesmo complexo apavorante em Portugal. Deve haver na Espanha. No sul da França, na Provence, núcleo irradiante para a Península Ibérica, perpassa o mesmo *frisson* quando a Morte passeia.

Mistral, em *Mieio* (Avignon, 1859, canto nono), escreveu: *"Un frejoulun me vèn... léu ai senti la Mort qu'a passa comme un vent!"*. Um tremor me vem... Senti a Morte passar como um vento...

A crendice fixa um conceito popular sobre a personalização da Morte. Não essa ou aquela figura, esqueleto com foice, nascida na Idade Média, fantasma de braços descarnados, caveira com longa roupagem branca, mas a ideia de uma conformação estável e que, mudando de lugar, determine um movimento perceptível no ambiente, impressionando o sistema nervoso dos entes humanos e de certos animais, cães, gatos, pássaros de agouro, dando à epiderme a crispação e o arrepio.

Mas, voando, enfastiada e farta, a Morte parece não procurar sua vítima.

La Mort n'en a pas faim, dizem os franceses, nesse caso.

41

A Luz no chão

Um vigilante cuidado no sertão velho era não deixar o candeeiro, a lamparina, a vela, outrora de cera de carnaúba, acesos no chão. Nem mesmo muito próximos do solo. A mão cautelosa erguia-os, colocando-os em conveniente altura, evitando o agouro.

A luz no chão está chamando a Morte.

Imagem associada às velas fúnebres, rodeando o féretro, sentinelas de luz trêmula, guardando o cadáver.

Tudo quanto evoque o aparato mortuário deve ser prudentemente evitado. Nenhum objeto que sugira a cerimônia do velório, a triste *guarda ao morto, fazer o quarto ao defunto,* deve ser manuseado.

Chapéu de sol aberto dentro de casa lembra a umbela que abriga o Santíssimo, conduzido para a derradeira comunhão ou extrema-unção, a derradeira visita do *Nosso Pai*. O chinelo ou sapato emborcado, sola para cima, traz a ideia da posição invertida do corpo, os pés ao alto, cabeça para baixo, preconizando o desmoronamento, o desequilíbrio, a situação às avessas do patrimônio material da família. Foi assim que Dante Alighieri situou o Papa Nicolau III (*Inferno*, XIX, 22-24), na terceira cava do oitavo círculo, no sepulcro aberto na pedra ardente, mordido pela chama inextinguível. Quatro pessoas despedindo-se afastam o cruzamento dos braços, reproduzindo o símbolo que pode ser a bênção nupcial para os solteiros e também a cruz no caixão sepulcral.

Todas as coisas estão estreitamente ligadas entre a Vida e a Morte, com os mesmos fios intencionais, invisíveis e poderosos. O povo vive na sua unidade sobrenatural indissolúvel, lógica, completa, real. Salomão Reinach podia afirmar que "a vida primitiva da Humanidade, quando não é exclusivamente animal, é religiosa". Esse "primitivo contemporâneo" existe nas cidades e nos campos. E, às vezes, em nós mesmos, amigos.

42

QUATRO SUPERSTIÇÕES INABALÁVEIS

*P*ara uma exposição de pesquisa e notas sobre a cultura popular brasileira, parece dispensável a inclusão das crendices do Marquês d'Argens, falecido há quase duzentos anos e vivendo na perfeita ignorância de que o Brasil existisse.

Quero apenas lembrar que os receios desse fidalgo francês do século XVIII, sob Luís XV e vinte e cinco anos hóspede ilustre de Frederico, o Grande, Rei da Prússia, espécime de casta nobre, superior e desdenhosa, são absolutamente os mesmos que afligem a contemporaneidade popular no Brasil. Nada se perdeu ou modificou, da mente do aristocrata de Versailles e Sans--Souci para o homem vulgar dos nossos dias.

Lorde Macaulay (*Macaulay's essays and lays of Ancient Rome*, Londres, 1886), comentando o livro de Thomas Campbell sobre *Frederic the Great and his times* (Londres, 1842), evocou o Marquês D'Argens, *Chambellan* do rei da Prússia, e durante vinte e cinco anos seu favorito.

O Marquês Jean Baptiste de Boyer d'Argens nasceu em Aix, Provença, 1704, e faleceu no castelo de La Garde, perto de Toulon, em 1771. Uma queda de cavalo afastou-o da vida militar. Seu pai deserdara-o pelas suas extravagâncias impertinentes. Leitor insaciável, d'Argens era um ótimo *filho do século*, zombeteiro, incrédulo, pessimista, cínico, absolutamente desprovido do sentimento religioso, inimigo da Igreja Católica (diríamos, hoje, alérgico), elegantíssimo, cheio de graças verbais, adamado, cortesão até a medula. Não tendo Moral, não acreditava na existência dela. Sem Deus, sem Rei e sem Dama, foi para a Holanda a fim de escrever livremente contra o que a lei em França proibia. Suas *Lettres juives, chinoises et cabalistiques* encantaram Frederico II, que o convidou a fixar-se na sua Corte.

O livro d'Argens é um pálido e mofado reflexo do *Lettres persannes* de Montesquieu (Amsterdã, 1724), tendo apenas sátira mais salgada e desrespeitosa e atrevimento fingindo altivez. Em Berlim, d'Argens dominou e foi um diretor de boas maneiras e de alagante irreligiosidade sem que deixasse de ser um submisso e rastejante turiferário do Rei. Depois de cinco lustros de vida prussiana o provençal rompeu com Frederico II e voltou para sua província, onde morreu. Em 1778 publicaram suas obras em 24 volumes que ninguém lê.

O retrato d'Argens é a síntese viva que Macaulay traçou: *"The parts of d'Argens were good, and his manners those of a finished French gentleman; but his whole soul was dissolved in sloth, timidity, and self-indulgence. His was one of that abject class of minds which are superstitious without being religious. Hating Christianity with a rancour which made him incapable of rational inquiry, unable to see in the harmony and beauty of the universe the traces of a divine power and wisdom, he was slave of dreams and omens, would not sit down to table with thirteen in company, turned pale if the salt fell towards him, begged his guests not to cross their knives and forks on their plates, and would not for the world commence a journey on Friday".* ("Os dotes d'Argens eram bons, e suas maneiras as de um completo fidalgo francês; mas sua alma se dissolvera em indolência, timidez e autoindulgência. Pertencia a esta abjeta classe de espíritos que são supersticiosos sem que sejam religiosos. Odiando o Cristianismo com rancor, era incapaz de uma indagação racional, sem capacidade para ver na beleza e harmonia do universo os traços da sabedoria e poder divino, mas era escravo de sonhos e presságios, não sentando a uma mesa onde estivessem treze pessoas, ficando pálido quando o sal derramava-se diante dele, pedindo aos hóspedes que não cruzassem as facas e os garfos nos seus pratos e por coisa alguma deste mundo começaria uma viagem numa sexta-feira.")

Macaulay fixou as superstições mais permanentes e poderosas num espírito ágil, brilhante e fácil como o d'Argens, aristocrata e cioso dos antepassados apesar de fingir começar o mundo por ele mesmo. Eram essas superstições as comuns e temidas não apenas na França e na Alemanha, mas na Europa palaciana, nas cortes, salões, mundanidades sedutoras, de meados do século XVIII. São todas contemporâneas e constituem soluções defensivas contra o mistério das *forças ocultas* na invisibilidade de seu poder maléfico. Continuam inalteradas no respeito popular na sinistra expressão do agouro.

Treze pessoas à mesma mesa ainda é *tabu* na Europa e América. O número 13, na época de Roma republicana e da Grécia clássica, era respeitado e evitado. Mommsen não encontrou decretos romanos datados desse dia. Hesíodo aconselhava não semear no dia 13. A refeição com treze pessoas é que me parece reminiscência da Última Ceia de Jesus Cristo com os doze apóstolos. Em Cabala, Numerologia, Macumba, Catimbó, Magia Negra, o 13 é um elemento que atrai o mal, o contrário, o *às avessas* (*Superstições e costumes*. Rio de Janeiro: Ed. Antunes, 1958).

O sal derramado na mesa mantém seu discreto poder ameaçador. Na *Ceia larga*, Leonardo da Vinci retratou Judas com o saleiro entornado. O sal é a conservação, a durabilidade, a garantia. Derramado sugere a esterilidade, a morte da vida, o abandono vital. Chão salgado, improdutivo, decretado para o solo das casas arrasadas aos criminosos de lesa-majestade. É uma notória ameaça de infelicidades.

Cruzar o talher é repetir materialmente a cruz, signo da Morte, o *Tau* anunciador do Destino inexorável, Ananke. Os objetos cruzados significam o Fim. Braços cruzados, posição da impossibilidade agente. Marcada com uma cruz, a coisa está votada ao desaparecimento. Sinal de anulação mágica. Evitam cruzar as mãos quando quatro pessoas se despedem. Cruzar os dedos quando se mente (superstição europeia) é dissipar o pecado da mentira. Matá-lo. Cruzar as pernas no quarto da parturiente retarda indefinidamente o nascimento da criança. Assim fez a deusa Ilítia para que Hércules não nascesse logo. Desenhada na madeira das portas e janelas os espectros não passarão. No interior de Pernambuco, Bahia, Piauí, Goiás, pintam-na para afastar as epidemias (Arthur Neiva e Belisário Pena, *Viagem científica*, Rio de Janeiro, 1916. A viagem realizou-se em 1912). Com os talheres intencionalmente cruzados nunca mais se reunirão os mesmos convidados. A superstição do *Tau* e da Cruz é anterior a Jesus Cristo. O suplício do Gólgota universalizou a condenação da cruz que, pela ambivalência natural, é apotropaica, libertadora de malefícios, assombro dos demônios, penhor da paz. Mas é visível a imagem de *fim*, término, acabamento definitivo. Limite. A sexta-feira era *jour néfaste* por toda a Europa. Dia em que Jesus Cristo morreu. Reunião de bruxas e lobisomens. Na noite da sexta-feira cumprem os encantados o tenebroso destino punitivo. É o Dia de Vênus, com minúcias e rigores. Nas velhas Macumbas é dedicado a Obatalá, Orixalá, Iemanjá, Iansam. No Catimbó, entretanto, é dia benévolo, de *fumaça às direitas*, para o bem. Mas, para a maioria, viajar, mudar-se, começar negócio de vulto, oferecer recepção, iniciar campanha política numa sexta-feira é arriscar ao fracasso todos os empreendimentos planejados. Sexta-feira, 13 do mês, é dia perigosamente condenado.

Há quem tenha a sexta-feira como dia indicado para as felicidades em negócio, amor, viagens, trabalhos iniciais. Mas é minoria insignificante. O temor da sexta-feira é ainda na Europa uma *constante* terrível. Radford conta que em 1931 dois transatlânticos não partiram no dia marcado porque os passageiros em massa protestaram veementemente por ser uma sexta-feira. Mesmo a *Good Friday* inglesa. Os navios partiram um minuto depois da meia-noite. Já era o sábado. O agouro passara.

Esses *superstitions passangers* de 1931 davam todas as razões do Marquês d'Argens.

43

Chocando com os olhos

O povo acredita firmemente que os sáurios e certas aves, como as emas, não chocando os ovos com o calor do corpo, colocando-os a distância e ficando a olhá-los insistentemente, conseguem a operação com a força do olhar. Quem executa esse aquecimento indispensável é o calor solar. Os ovos ficam expostos à luminosidade ardente e o animal permanece vigilante, guardando a futura ninhada com o ciúme natural, responsável pela sobrevivência da espécie.

Quem viveu em terra onde os jacarés aparecem sabe muito bem desse costume do repelente anfíbio. Onde estiverem os ovos o bicho estará nas vizinhanças, impassível na contemplação do seu tesouro, pronto a defendê-lo pelo ataque imediato. Quando a fêmea se retira, o jacaré a substitui na missão de sentinela orgulhosa.

Como não retiram os olhos da pilha de ovos, o povo explica que o jacaré choca os ovos com os olhos.

A ema também realiza essa proeza embora aqueça a ninhada com seu peso. Vez por outra, fica por perto, sentada nas imensas patas, olhando os imensos ovos que o Sol esquenta como num forno.

Vale salientar aqui a importância vital que o povo empresta à potência visual. O olhar pode determinar o bem e o mal, proteger e destruir, como uma grandeza material, de ação imediata e direta. Bons e maus olhos dividem a Humanidade e os romanos foram obrigados a criar a deusa Invídia, com a cabeleira de serpentes, inimiga de toda a ventura alheia, insaciável de rancor para as alegrias dos outros, tendo a vitória do próximo como uma agressão à sua soberania monstruosa e bastarda.

In Invidia est virtus, dizia Cícero, inveja adversária perpétua da virtude, virtude dos outros, porque ela só possui o rancor de não possuí-la.

Cerca de noventa por cento dos amuletos são destinados contra o mau-
-olhado. Não há povo, nível de cultura, tempo na História, em que o homem
não haja temido a inveja, e como a deusa sinistra aja preferencialmente pelo
olhar, o pavor humano é a ameaça desses olhares magnéticos, implacáveis
na ruína da felicidade terrestre. Tanto assim que, no arsenal dos amuletos,
a quase totalidade mobiliza-se com o mau-olhado, contra a força do olhar
rancoroso, humilhado, diabólico na constatação do bem alheio.

Mas agora a convicção popular faz o elogio do olhar mágico na pro-
pagação da vida, da guarda familiar, na custódia aos filhos no amanhã.

Nem mesmo ao Sol permitem a função fecundadora no desenvolvi-
mento da existência guardada nos ovos. O olhar é o responsável. É com
ele que o animal anima a vida latente da espécie. Choca com os olhos...

44

É DA PONTINHA!

*E*stá desaparecendo a popularidade nacional do gesto de pegar no lóbulo da orelha e dizer: *É da pontinha*! proclamando a excelência do objeto indicado na ocasião.

À volta de 1922, Ano do Centenário da Independência e que atraiu para o Rio de Janeiro as curiosidades de todo o Brasil e de todo o Mundo, a frase era comum e ouvida em qualquer recanto carioca ou amazonense, gaúcho ou pernambucano. *É da pontinha*!... *Daqui*!... valiam aprovações e denúncia oral da indiscutível primazia. Com a simples mímica de tocar a orelha dava-se opinião suficiente sobre vinho, mulher, cavalo, culinária, versos, quadros, todos os motivos sedutores que podiam envolver a sensibilidade humana.

Já não ouço, com a mesma frequência, o *é da pontinha* ou o mero *é daqui*, bastantes para um notório julgamento.

Praticamente parece extinto e podemos dizer que os gestos, com voga e fama de vulgaridade expansionista, têm, como os livros, seu destino. Alguns atravessam o milênio e outras curtas décadas, vividas intensamente na simpatia do povo.

Quem não o conheceu, aplicado e expressivo, em todas as camadas sociais e em todos os quadrantes do Brasil, etnográfico e folclórico?

Tive mesmo ocasião de assistir a uma curiosa, e possivelmente única, utilização do gesto num discurso público de agradecimento, sonora e ruidosamente aplaudido. Não posso precisar o ano e mês mas, pela narrativa, será possível identificar-se no tempo a festa evocada. 1919?

Faziam a campanha oficial da nacionalização da pesca e os poveiros, pescadores veteranos, iam sendo compelidos a aceitar a condição de "brasileiros" ou abandonar os barcos e as redes ao redor da Baía da Guanabara. João do Rio (1881-1921) tomara a defesa dos poveiros, portugueses da Póvoa do Varzim, e estava sendo aclamado pela respectiva colônia. No Teatro João Caetano ou Carlos Gomes, no Rio de Janeiro, uma companhia portuguesa ofereceu a João do Rio uma homenagem. Teatro repleto, assistência entusiástica, aplausos ensurdecedores. João do Rio, de um camarote perto do palco, agradeceu num rápido discurso, muito pouco entendido e conexo debaixo da tempestade de palmas. E o público explodiu numa apoteose quando o jornalista, fazendo o elogio do pescador poveiro, disse que, no ponto de vista de trabalho e caráter, *era daqui*, e segurou a extremidade do pavilhão auditivo. O gesto era português e popularíssimo em Portugal.

Aplicava-se especialmente aos vinhos e isto se verificava, porque havia e há em Portugal a frase *vinho de orelha* quando alguém quer referir-se a um bom vinho. E não querendo citar o *de orelha*, alusivo ao vinho, bastará fazer o gesto de tocar na orelha. *É daqui...* e todo bom bebedor entende perfeitamente. Pertencente à gíria *dos provadores* passou ao patrimônio comum da linguagem popular nas regiões da vindima.

Na sua seção Arquivo Etnográfico (*Lusa*, janeiro-junho, 1924, Viana do Castelo), Cláudio Basto recolheu um dos letreiros típicos da Feira de Agosto, em Lisboa (1915), nas barracas de comes e bebes.

> É lá ti Mané Nabiço
> Você é mais fino q'uma abelha,
> Olhe q'o seu vinho é o melhor
> é d'aqui... de traz d'orelha.

Eça de Queirós, em *A ilustre casa de Ramires* (cap. II), faz o grande Titó, D. Antônio Vilalobos, convidar Gonçalo Mendes Ramires, usando dessas tentações: "Ouve lá! Tu queres hoje à noite cear no Gago, comigo e com o João Gouveia? Vai também o Videirinha e o violão. Temos uma tainha assada, uma famosa. E enorme, que comprei esta manhã a uma mulher da Costa por cinco tostões. Assada pelo Gago!... Entendido, hem? O Gago abre pipa nova de vinho, do Abade de Chandin. Conheço o vinho. É daqui, da ponta fina. E Titó, com dois dedos, delicadamente, sacudiu a ponta mole da orelha". E no encontro, Gonçalo aparece esfaimado, não permitindo que o Titó descesse à tabacaria do Brito, "a buscar uma garrafa de aguardente de cana da Madeira, velha e da 'ponta fina'".

E, narrando a jornada de Santa Clara para Oliveira, Titó dizia ao fidalgo: "Viemos juntos! Por sinal numa tranquitana infame... Até se nos desferrou uma das pilecas e tivemos de parar na Vendinha. Não se perdeu tempo, que há agora lá um vinhinho branco que é daqui da ponta fina!". Beliscava a orelha.

Já em princípios do século XVII, dizia-se em Portugal: *"Este vinho é d'orelha, por São Prisco!"*, como se encontra na *Comédia Ulissipo*, de Jorge Ferreira de Vasconcelos, a edição de Lisboa em 1618, que outra mais antiga não conheço.

A origem da frase portuguesa é a francesa *"Vin d'une oreille, bon vin, dont on approuve le goût en inclinant la tête d'un seul coté"*. O prestante *Larousse* informa que o *"Vin des deux oreilles, mauvais vin, dont le goût désagréable fait qu'on remue plusieurs fois la tête, et par conséquent l'une et l'autre oreille"*.

Os gestos franceses relativos ao vinho duma orelha e vinho de duas orelhas era inclinar a cabeça para um lado ou movê-la várias vezes, duma para outra orelha, desaprovativamente.

De Portugal seria o gesto de pegar no lóbulo da orelha como ato complementar significativo. Este é que veio atravessando tempo e monção e o registro de Eça de Queirós demonstra sua cotidianidade na segunda metade do século XIX. Ao contrário do Brasil, ainda está vivo e presente na mímica tradicional portuguesa.

45

BORBOLETA AGOUREIRA

Depois da mosca obstinada, a mais indesejável presença é de uma borboleta negra. É presságio visível de futura contrariedade, aviso de mágoas inevitáveis, agouro afastador de alegrias lícitas.

No *Memórias póstumas de Brás Cubas* (1881), Machado de Assis fixa a superstição: "Digo lá dentro, porque cá fora o que esvoaçou foi uma borboleta preta, que subitamente penetrou na varanda, e começou a bater as asas em derredor de D. Eusébia. D. Eusébia deu um grito, levantou-se, praguejou umas palavras soltas; – T'esconjuro! Sai, diabo... Virgem Nossa Senhora!... – Não tenha medo, disse eu, e, tirando o lenço, expeli a borboleta" (capítulo XXX). No capítulo XXXI, "A borboleta preta", há toda uma cena. Brás Cubas não pode suportar a companhia da borboleta negra. Afugenta-a de todos os modos. Acaba matando-a. Depois, arrepende-se, concluindo na velha técnica machadiana: "Também por que diabo não era ela azul?". Se fosse azul não era núncia de tristezas. Negra é que é imperdoável. A borboleta preta pode ser a representação, figuração, encarnação de uma feiticeira, de um espírito mau, trazendo desgostos, espalhando misérias. Muito comum a borboleta preta ter o sinônimo de *bruxa*.

O Dr. João Pessoa Cavalcanti de Albuquerque (1878-1930), Ministro do Supremo Tribunal Militar, Governador da Paraíba, não as podia ver. Ademar Vidal, seu chefe de Polícia, narra um episódio (1930. *História da revolução na Paraíba*, São Paulo, 1933): "João Pessoa era muito supersticioso. Nada lhe passava despercebido. Tudo lhe chamava a atenção. Certa vez, quase à noite, ele se encontrava em conferência com um oficial do Exército, que o procurara, quando nota na parede da sala de visitas uma grande borboleta negra. – Diabo!... Interrompeu, então, a conversa e, levantando-se, um tanto ríspido e visivelmente aborrecido, ordenou ao mordomo: – Tanja dali aquela bruxa!".

Não tinha serenidade para tratar de assuntos decisivos diante da borboleta negra.

O Senador Pedro Velho d'Albuquerque Maranhão (1856-1907) não suportava a borboleta preta. Fazia com que a enxotassem logo. E era um homem vivo, espírito aberto a todos os ventos do espírito.

Em dezembro de 1928, Mário de Andrade (1893-1945), meu hóspede em Natal, estava na varanda quando uma grande borboleta crepuscular pousou na parede. Mário não a perseguiu mas disse o nome clássico: – Olhe a Bruxa!... No *Denunciações da Bahia* (São Paulo, 1925), há um documento expressivo sobre essas visitas de feiticeiras, transformadas em borboletas.

Numa denúncia de D. Lúcia de Melo em 16 de agosto de 1591, viúva, com 60 anos de idade, natural da Ilha Graciosa, nos Açores, diz-se: "E denunciando disse que averá quarenta anos se agasalhava nas suas casas huã molher prove, casada com ho Godinho carcereiro que era desta cidade a qual disse a ella denunciante sabendo que ella era medrosa que avia de fazer um dia hum medo. E hum sabado a noite estando ella com sua irmãa cosendo a candea veo huma borboleta muito grande com huns olhos muito grandes e tanto andou ao redor da candea que hapagou e não apareceo mais.

E despois day a alguns dias lhe perguntou a ditta molher que já he defunta se vira ella alguma cousa que lhe fizesse medo e ella denunciante lhe contou da dita borboleta. Então ella lhe respondeo que ella mesmo era a borboleta, e ella denunciante lhe pareceo que fallava aquilo por zombaria porem sabe que ella veo do Reino degradada por feiticeira e dali por diante ella denunciante, escondia suas crianças por lhes não embruxar".

Em Portugal a borboleta escura, esvoaçante à tarde, é a *cousa má*. Identicamente na Espanha e Itália. Na França é a alma de um morto que faz sua peregrinação ou penitência. Na Rússia é a desagradável mensageira do infortúnio. Na China é anúncio da Morte. Pode ser então evitada com orações e sacrifícios. Entre os orientais é sempre o recadeiro silencioso do outro mundo. A mesma superstição vive por todo o continente americano. Na Irlanda é alma que vai para o Purgatório. No Devonshire é o espírito da criança que morreu sem batizar-se. Pela Ásia Menor havia crença idêntica. Passaria, naturalmente, à Grécia e desta aos romanos, direta ou através dos etruscos.

Entre os gregos, *psiké* era alma, espírito e também borboleta.

Não era a borboleta a representação uniforme do espírito que deixara o corpo, mas uma das mais populares pelo mundo helênico. Decorrentemente a vulgarização em Roma fora profunda e larga.

Na Pérsia, a borboleta da tarde ou das primeiras horas noturnas é uma visita dos mortos saudosos da família terrestre. Assim, no poema "Mireio", de Frederico Mistral (Avignon, 1859), e que é a exposição poética da vida provençal, a jovem Mireio, ao falecer, anuncia que voltará a ver os entes queridos na forma leve de uma *sant-féli*, a falena do crepúsculo.

De acordo com a tradição greco-romana a cor negra pertencia aos Mortos e aos deuses subterrâneos, aos mistérios da Terra e do Destino.

Os dias jubilosos, os eventos felizes, seriam marcados com pedra branca, *albo lapillo notare diem*. As datas nefastas mereciam anotações pretas, riscadas a carvão. O poeta Pérsio, 34-62 do primeiro século cristão, na quinta *Sátira*, alude à tradição: "Marcaste com o giz ou o carvão o que deve fazer-se e o que deve ser evitado?". *Illa prius creta, mox haec carbone notasti?*

Uma borboleta de cores claras seria a felicidade, arauto de alegrias, fortuna assegurada. Justamente o inverno da negra, aliada da Morte e do Destino, imprevisto e cruel.

Como a borboleta figura a alma dos mortos, aparecendo preta, é um espírito votado ao mal, alma cujo corpo não mereceu sepultura e honras fúnebres e espalha tristezas e pavores entre os vivos.

46

Beber sobejo
• • • • • • • • • • • • • •

Quando alguém mais velho bebe líquido iniciado por gente moça, fica sabendo os segredos desta. Não ocorre semelhante se o moço bebe o sobejo do velho. Os segredos da velhice são intransmissíveis. O espírito do velho será mais lento pela densidade que os anos provocaram, mais difícil de comunicação inconsciente, mais vagaroso para deixar a concha mental. O espírito jovem é que é mais fluido, vigoroso, fácil no ímpeto comunicante.

O mistério do sobejo revelar os segredinhos é o preceito do *totum ex parte*, em que a parte está, mesmo dividida, idealmente unida ao todo de que pertenceu. Como os velhos têm maior coesão, força espiritual, capitalizada pela idade e experiência, a participação opera-se do mais moço para o mais antigo e não vice-versa.

O líquido traz um fragmento da vida interior do jovem, para a percepção anciã.

Nas recomendações da magia branca há uma fórmula para evitar a comunicação, pelos líquidos. É despejar fora um pouco, antes de beber. Interrompe a cadeia de ligação, perdendo-se um elo, inutilizado no chão. E o poder mágico sendo uma continuidade, uma sucessão de ondas invisíveis e penetrantes, a dispersão de uma, desequilibra a sequência regular das outras. Falta um elemento totalizante, indispensável para a formação do conjunto.

Nec quid nimis... Recordando Nicolau Tolentino nas "funções" familiares de Lisboa, quando reinava Dona Maria Primeira, Rainha Nossa Senhora:

> Se o chichisbéu seu vizinho
> Lhe vai afagando os dedos
> Do terno, surdo pezinho,
> Se por saber-lhe os segredos
> Lhe bebe o resto do vinho...

47

Deu no vinte!

Acertou! Ganhou! Venceu! Vitória indiscutível.

É uma reminiscência do muitas vezes centenário Jogo da Bola, em Portugal também dito *malha*.

Fincam um pau, valendo o alvo, e conta vinte pontos quem o derruba com a bola certeira. *Dar no vinte* é pôr o pau abaixo.

Veio o jogo para o Brasil Velho e desapareceu porque nunca o vi nem dele me consta notícia em livro e conversa.

Mas a figura ficou...

48

Pedra de escândalo

Pedra de escândalo é o objeto motivador da murmuração pública, da reprovação geral da crítica coletiva. Ninguém aceita, compreende e desculpa o elemento determinante da surpresa desagradável, irritante, provocadora. É uma solução de continuidade na vida normal do grupo.

Havia no Areópago, em Atenas, uma pedra retangular que o acusado pelos crimes do desajustamento social, calúnia, injúria, referências malévolas e falsas contra alguém ocupava durante o processo público. Diziam-na *Lithôs hydreos,* a pedra da injúria, do opróbrio, da humilhação. Esta pedra, *skandalon,* correspondia à sua símile em Roma, *scandalum,* pedra em que os falidos, respondendo pelos delitos da bancarrota, sentavam-se, fazendo publicamente cessão dos bens particulares para os credores. Essa pedra, *scandalum,* ficava diante do Capitólio.

Ocupar a *pedra do escândalo* era constituir-se alvo da curiosidade, do comentário, da referência humilhadora. Tornava-se um indivíduo isolado da comunidade, cercado pela desconfiança, repelido pelos conterrâneos. Ocupar ou haver comprado a *pedra do escândalo* passava a ser um título ignominioso para o culpado. Transmitia-se a ele próprio a tradição sinistra do *skandalon, scandalum,* escândalo...

Não diziam que o homem estivera na *pedra de escândalo,* sempre olhada com suspeita e temor, mas ficara sendo uma consequência, atributo, prolongamento dela.

É uma pedra de escândalo!...

49

TEM CAVEIRA DE BURRO!

*N*egócios infelizes, empreendimentos desastrados, planos que a realização desmoronou, numa sequência obstinada de insucessos, diz-se que há *caveira de burro. Por mais precauções*, exames prévios, previsões cautelosas, a empresa, inexplicavelmente, falha. Com uma nova mobilização de recursos, técnicas, os auxílios mais variados e próprios, positiva-se apenas uma nova falência, injustificada e misteriosa. *Tem caveira de burro enterrada...*

    O burro, entretanto, prestar-se-ia a ser um padroeiro excelente. É teimoso, resistente, inesgotável. Alimenta-se do que encontra, inclusive cardos e papel. Enfrenta a fome, a sede, o excesso de cargas transportadas, estoicamente. O jumento é credor da gratidão nacional pela sua secular colaboração resignada e permanente. O Padre Antônio Vieira, de Iguatu, Ceará, dedicou-lhe um volume documentadamente exaltador, *O jumento, nosso irmão* (Rio de Janeiro: Livraria Freitas Bastos S/A, 1964). Não há criatura mais simpática, modesta e generosa. É um dos animais de profunda inteligência, raciocínio arguto, prodigioso instinto nas fronteiras da genialidade.

    O Folclore, consagrador e justo para outras espécies, apresenta o burro como um modelo rústico de estupidez, bestialidade incurável, obstinação irracional. Quase todos os animais têm sido representados como mascotes. Bons agouros. Amuletos contra o mau-olhado. Menos o burro. Não aparece nas pulseiras, colares, brincos, balangandãs. Maltratado, injustiçado na consideração dos homens, escravo sem direitos, alimentado a chicote e pau, deita-se apenas para morrer. Nenhuma assistência, afago, compreensão por parte do dono, perpetuamente ávido do seu esforço. Não há bom tempo para o burro-jumento. Que pode anunciar de sucesso, vitória e êxito?

    Sua caveira recordará uma existência funcionalmente desgraçada, sem alegrias e compensações naturais.

    Caveira de burro testifica esse cortejo infeliz. Não deverá, evidentemente, proteger os júbilos da satisfação material. Anuncia miséria.

50

Gato amarrado

Diz-se *gato amarrado* ou *amarrar o gato* quando alguém está embriagado. "Amarrou um gato horroroso... Anda sempre de gato amarrado!".

No velho bom tempo, aí pela metade do século XIX, durante os Oiteiros na cidade do Natal, num duelo de improviso poético sob o mote *tota pulcra es Maria*, Francisco Gomes da Silva defendia o pai que fora encontrado com o *gato amarrado*. Na linguagem da época foi assim a décima:

> Estou-vos muito obrigado
> Em falar-me de meu pai;
> Pois Jajana quando cai,
> Vós ficais bem agastado.
> Isto de *gato amarrado*
> Não deve ser zombaria,
> Muita gente já bebia
> Como ele já bebeu,
> E gloso por prazer meu:
> *Tota pulcra es Maria!*

A frase *gato amarrado* refere-se mais claramente ao andar oscilante do ébrio, o para-lá-e-para-cá, balanceado, o clássico *cercar frango* dos nossos antepassados.

A frase é de origem náutica, da navegação a vela, e nos veio de Portugal. Lá não se dizia *gato amarrado* ou *amarrar o gato* mas *tomar a gata* ou *larga a gata*. Gata é uma vela de cima da mezena. Com a gata caçada ou ferrada, isto é, enrolada, amarrada, o navio oscila mais, dançando na onda. Com a gata solta, opondo uma superfície maior ao vento, o barco corrigia um tanto o balanço.

No dicionário de Frei Domingos Vieira, lê-se: "*larga a gata*, frase popular; diz-se a um bêbado que vai cambaleando, como se solta a gata a navio que joga muito de bombordo a estibordo para ir mais firme e direito".

Pereira da Costa, no *Vocabulário pernambucano*, registra: "*Amarrar o gato*. Tomar uma carraspana e ficar aos tombos, cambaleando, como fica jogando navio em marcha que tem a *gata amarrada*, isto é, a vela de cima da mezena, solta, a qual, enfunada, diminui consideravelmente o seu jogo, vindo daí a origem da locução".

Com a *gata amarrada* o navio balança e diminui com a gata desferrada, solta. A substituição de *gata* por *gato* é brasileira.

Solte-se o gato...

51

Quem nasceu cego da vista...

*U*ma linda quadrinha recolhida no Ceará por Leonardo Mota:

> Quem nasceu cego da vista
> E dela não se lucrou,
> Não sente tanto ser cego
> Como quem viu e cegou!

E logo a variante portuguesa, na coleção de Agostinho de Campos e Alberto d'Oliveira:

> O cego que nasceu cego
> Não perdeu o que logrou;
> Não pode ter tanta pena
> Como quem viu e cegou.

Uma espanhola, das pesquisas de Rodrigues Marín, anteriores a 1883:

> *Er que bino siego ar mundo*
> *Sin la esperansa de ber*
> *No tiene tanta peniya*
> *Como er qu'ha bisto y no be.*

São versos galegos. Há uma variante da mesma região:

> *El hombre que nunca ha bisto*
> *Y no sabe lo que es ber,*
> *No tiene tanta peniya*
> *Como er qu'ha bisto y no be.*

Rodrigues Marín, indagador maravilhoso, divulga uma nota de D. Fernando Colón, anterior a 1534, com estes versos, possivelmente a mais antiga fixação do motivo poético que vive no sertão nordestino do Brasil:

> *El ciego que nunca vió,*
> *Como no sabe qué es ver,*
> *No vive tan sin placer*
> *Como el que después cegó.*

52

Atirei um Limão verde...

*H*á no Brasil um cento de quadrinhas iniciadas pelo verso: *Atirei um limão verde*, ou doce, cheiroso, d'água, e também flores, lencinhos, e até azeitona, sempre relativos ao gesto de projeção e finalidade amorosa de ser notada a predileção ou convite.

> Atirei um limão cheiroso
> Na janela do meu bem,
> Deu na clara e na morena,
> Deu na mulata também.

> Atirei um limão verde
> Lá da torre de Belém;
> Deu no cravo, deu na rosa,
> Deu no peito de meu bem.

São versos das coleções de Sílvio Romero e Pereira da Costa. A "torre de Belém" é uma presença de Lisboa.

Durante o movimento político da Maioridade, 1840, cantava-se:

> Atirei um limão n'água,
> De maduro foi ao fundo,
> Os peixes todos gritaram:
> – Viva Dom Pedro Segundo!

Há também em Portugal e Espanha, fontes do nosso Cancioneiro e Romanceiro, versos que assim principiam:

> Daquela janela alta
> Te atiraram um limão.
>
> *De tu ventana à la mía*
> *Me tiraste un limón*

Exemplos em Teófilo Braga e Rodríguez Marín. Colhido por Pitré há esse modelo da Itália:

> *M'e stato dato un pomo lavorato,*
> *Ed io per pegno gli ho dato il mio core.*

Latinos e gregos conheciam o costume talqualmente aparece na lírica popular brasileira. De Virgílio, *Egloga* III:

> *Malo me Galatea petit, lasciva puella,*
> *Et fugit ad salices et se cupit ante videri.*

Que intenção teria a jovem Galateia atirando um pero ao pastor Damestas e fugindo para os salgueiros, já denunciada pela oferta? Era uma declaração de amor. Ovídio (*Heroicas*, epístolas XX-XXI) narra o episódio de Aconce e Cidipe no templo de Diana em Delos. O grego denuncia a paixão a Cidipe, jogando-lhe uma maçã:

> *Verba licet repetas quae demtus ad arbore foetus*
> *Pertulit ad castas, me jaciente, manus.*

Na *Anthologie greque* (I, 24), Platão repete o rito: "Jogo-te esta maçã: Se estás disposta a amar-me, aceita-a!".

Luciano de Samosata (*Diálogos das cortesãs*, XII) faz a jovem Joesse queixar-se das infidelidades de Lísias com Piralis: "Mordeste uma maçã e aproveitando o momento em que Dífilo conversava com Trason, atiraste-a habilmente ao seu seio, sem mesmo a ocultar de mim. Piralis logo a beijou, escondendo-a no colo, sob as rendas".

Trezentos anos antes de Cristo, Teócrito (*Idílios*, V) registrava a tradição comum na terra helênica: "Clearista joga as maçãs ao pastor que conduz as cabras e lhe murmura doces palavras", informa o pastor Comatas. Pela literatura oral o gesto de jogar um fruto ou flor vale afirmação e escolha amorosa. Não somente no *Mil noites e uma noites* como nos resumos e indicações bibliográficas de Victor Chauvin (*Bibliographie des ouvrages arabes*, VI, Liège, 1902) como em Paul Sébillot (*Le folklore*, Paris, 1913) os registros são vários.

René Basset, citando o conto árabe de Es Soyout, "A escolha de um marido", do livro *Anis et Djalis*, alude ao costume oriental, fonte remota da inspiração brasileira: "Conta-se que havia uma cidade onde existia a tradição de que, estando a filha do rei em estado de casar-se, um arauto convocava a reunião dos habitantes para uma praça a fim de proceder-se à escolha. Reunidos os homens, o rei e sua esposa entregavam à filha um limão de ouro para que ela atirasse no escolhido" (*Mille et un contes, récits & légendes arabes*, II, Paris, 1926). Martino Mário Moreno recolheu entre os Galas da Etiopia uma estória com esse elemento, *Il Principe Straccione*: "*Le figlie di quel Re eran tre. Consegnato alle tre un limone ciascuna, dicendo: – Gettatelo all'uomo che amate!*" (*Favole et Rime Galla*, XLIII, Roma, 1935).

P. Saintyves demonstrou que o arremesso é um rito de fecundação: "*La valeur du jet magique comme rite de fécondité*" (*Revue anthropologique*, XXXIX, Paris, 1929), e Henri Gaidoz estudou *La réquisition d'amour et le symbolisme de la pomme*, resumo e comentário de J. Leite de Vasconcelos (*Opúsculos*, VII, Lisboa, 1938), com informações sobre os *Arremessos simbólicos e na poesia popular portuguesa*, Gaidoz, Saintyves, Vasconcelos dizem da quase universalidade da imagem, denunciando o perdido costume, desde a Grécia Clássica até o Taiti, a joia dos mares do Sul.

Tradição famosa na Turquia, onde o sultão, na *Noite da Força* na semana do Ramadã, escolhia a nova favorita entre as mulheres do harém, atirando-lhe o lenço imperial.

Pereira da Costa registrou no Recife esta quadrinha:

> Atirei o meu lencinho
> Por detrás de uma janela;
> Que tem seu amor bonito,
> Não dorme, faz sentinela.

Tanto gregos e romanos quanto árabes podiam ter levado a figura para Península Ibérica. Apenas a maçã europeia substituiu uma fruta oriental, laranja, limão. Em Portugal e Espanha as quadrinhas, quando mencionam as frutas, preferem os limões trazidos pelos árabes. Assim o Brasil verseja. Henry Lang (*Das Liederbuch des Koning Denis Von Portugal*, Halle, 1894) cita o anexim português: – *Quem dá o limão, dá o coração!* E Lang transcreve o verso popular:

> Tomai lá este limão,
> Não digais quem vo-lo deu.
> Guardai-o bem guardadinho,
> Que atrás do limão vou eu.

E, de minha parte, junto mais este, de Vila Real em Trás-os-Montes:

> Deitei o limão correndo,
> À tua porta parou;
> O bem que te queria e quero
> O limão o demonstrou.

Havia um casamento realizado precisamente pela escolha, elegendo-se pela entrega ou arremesso de um fruto, flor, lenço, folha. Era na Índia e denominava-se *Svayamvara*. Há registro amplo no *Katha Sarit Sagara*, de Samodeva, *The ocean of story*, que C. H. Tawney traduziu para o inglês e N. M. Penzer anotou (vv. I, 88, II, 16, III, 26, 181, IV, 238-40, V, 197, Londres, 1924-1925). Atirar o limão era uma das fórmulas do *Svayamvara* hindu.

Naturalmente essa fórmula matrimonial não se aclimatou na Europa e sim o gesto denúncia de amor.

Depois dessas notícias, compreende-se a intenção tradicional, mesmo evaporado o conteúdo ritualístico, do costume que vive, expressivo e cheio de ternura num motivo poético, coisas que o povo diz, como esta quadrinha que ouvi na cidade do Natal:

> Atirei um limão verde
> No fundo duma bacia;
> Deu no cravo e deu na rosa
> Deu naquela que eu queria!...

53

AVES E PÁSSAROS DE AGOURO

Galos e galinhas foram trazidos para o Brasil pelo português. A China conheceu-os onze séculos antes de Cristo e parece ter sido sua domesticação na Birmânia. A entrada na Grécia data dos tempos socráticos. Homero não menciona. Decorrentemente, as superstições ligadas aos galos e galinhas, no Brasil, são nitidamente europeias, com os elementos regionais vindos das espécies afins.

Nenhuma ave dá ideia de maior inofensividade que a galinha, o mais pacato dos viventes. Mas não é. Tem segredos detestáveis. A simples *G. domesticus* dos nossos galinheiros pode dar nascimento ao pior bicho do mundo, o basilisco, espécie de lagarto que mata pelo olhar como o catoblepas. Se ele é avistado primeiro pelo homem, morre fulminado. A galinha que passa sete anos sem pôr ovos é a futura mãe do basilisco. E tem outras singularíssimas manias. Quando começa a cantar como o galo, ou vice-versa, está atraindo a Morte para a casa dos amos.

> Moça que assobia,
> Galinha que canta,
> Faca na garganta.

Quem é feliz na criação de galinhas não o será nos amores nem no casamento. A galinha choca então é um perigo. Faz abortar qualquer mulher que dela se aproxime. Muita gente séria perdeu filhos porque, não dando crédito às coisas, mexeu com galinhas no choco. Mesmo um negócio fica ao avesso se tocarem no ninho duma galinha choca. Os pés da galinha são excomungados porque espalharam as palhas do presépio onde Nosso Senhor Jesus Cristo nascera. Os ovos postos no *Dia da Hora* (Ascensão do Senhor) ficam frescos durante larguíssimo tempo e não apodrecem. A gema e a clara secam, formando uma massa espessa que serve para curar a embriaguez, enxaquecas crônicas e as feridas motivadas por insetos. Para uma criança falar e andar depressa o melhor remédio é fazê-la beber água numa casca de ovo, logo depois que o pinto a abandone. O pinto que nasce à meia-noite do dia de São João será músico e o Saci-Pererê o temerá sempre. É crendice paulista. Para não urinar na cama basta comer a crista do galo capão. As cólicas do parto são evitadas se tomarem caldo de galinha preta. A galinha preta, especialmente preta e de penas arrepiadas, é de alto prestígio no Catimbó e nas Macumbas para os ebós, coisas-feitas, mandingas, feitiços. O galo, cantado em mil páginas, possui larga folha de serviços estranhos. A tradição de afugentar a Noite batendo as asas e chamar o Sol com o canto é velha e clássica. Lucrécio, noventa anos antes de Cristo, poetava no *De natura rerum* (canto-IV, v. 714-715):

> *Etiam gallum, noctem explaudentibus alis*
> *Auroram clara consuetum voce vocare...*

Acreditam que, depois de certa idade, o galo esqueça o sexo e ponha ovos. O basilisco pode nascer também num desses ovos. É uma estória corrente na Europa. Gratien de Samur (*Traité des erreurs et des préjugés*, Paris, 1943) adverte: *"Ne croyez point à l'existence d'oeufs de coq, attendu que jamais coq n'a pondu: ce qui nous dispense de combattre cette autre erreur longtemps accréditée, qui veut qu'un oeuf de coq produise un serpent"*. Warée (*Curiosités judiciaires*, Paris, 1859) informa que um magistrado de Basileia condenou um galo a ser queimado vivo por ter posto um ovo! Tomo a liberdade de declarar que Gratien de Samur está errado e o juiz de Basileia está certo. O galo velho põe ovos. Possuo um ovo de galo, posto no dia 27 de janeiro de 1952, com a agravante de ter sido galo de briga. É um quarto do volume do ovo comum. Não tem, evidentemente, gema. Depois de algum tempo o conteúdo petrifica-se. Presenteou-me o Sr. Laérson Barbosa de Vasconcelos, dono do galo poedor, informando-me ser comum essa façanha nos galos em disponibilidade.

Galo cantando fora de horas é moça que foge ou novidade qualquer, fogo, inundação, desmoronamento. Petrônio, no tempo do Imperador Nero, narra o que ocorreu no banquete de Trimalchion quando, fora de hora, *gallus gallinaceus cantavit*. Despejaram o vinho das taças debaixo da mesa, espalharam o óleo das lâmpadas. Trimalchion passou o anel da mão esquerda para a direita. O canto anunciava a morte de alguém ou incêndio no quarteirão.

Não se fiem na rolinha-cascavel, a fogo-apagou, a palo-cafofo do Nordeste, *Scardafella squamosa*. Quando ela começa a piar perto duma casa, fiquem certos que dali vai sair enterro. Aquele arrulho é cantiga de velório.

Desconfiem do camarada anum, *Crotophaga ani*. É preto, cínico, imperturbável, mas muitíssimo amigo da Morte, que lhe confia os segredos das suas escolhas. Revoando continuamente perto das latadas e dos alpendres onde fazemos a sesta, está predizendo infelicidades. Anuncia o inverno e a seca. Se fica pousado numa árvore que tenha sombra e verdura, teremos chuvas. Para que isto se dê é preciso que o anum pouse três ou sete dias "encarreados", seguidos. Quem tira ovos de anum procura luto para a família. No Sul do Brasil, o anum tem outras especialidades. Comer fígado de anum, pensando numa moça, torná-la-á apaixonada. Passar o bico do anum no rasto da mulher desejada dá o mesmo resultado. O anum receitado para essa macumba é o anum-branco, *guira-guira*, apelidado no Sul *quiriru*.

O tetéu, *Belonopterus cayennensis*, quero-quero, terém-terém, espanta-boiada, é bicho muito suspeito. Teve a honra de dar nome aos revolucionários gaúchos de 1893. Os governistas eram "pica-paus". No Amazonas, há um longirostro que não dorme. É o manguari, *Ardea maguari*, Gmel, ou *Ciconia maguari*, Tenm. Passa a vida tentando dormir, colocando o bicão enorme sobre o lombo. Vai dorme-não-dorme quando o bico escorrega e o manguari desperta, gritando. O nosso tetéu é assim também. Põe uma patinha no meio da perna e fecha os olhos. A pata escapole e o tetéu acorda, badalando uma guisalhada de acordar menino surdo. Mas o que torna o tetéu pouco amistoso é que ele, voando dos lugares molhados para os enxutos, leva desdita na certa. Do seco para o úmido é boa sorte.

O pombo, doce, o meigo arrulhador namorado, só deve ser visto assado e perto do talher. É índice da prosperidade material do dono. Um índice às avessas, porque o *Columba domestica* multiplica o bando quando o proprietário empobrece e diminui quando o dono enriquece. Já se vê que um grande pombal esvoaçante denuncia miséria próxima para o criador. Em Portugal, há provérbios ambivalentes: "Quem não tem pombos, não tem fortuna". "Casa de pombos, casa de tombos".

O beija-flor sim. Apenas anuncia visitas. Os mais bonitos, *Chlorostilbon aureiventris*, dizem da riqueza do visitante. Os escuros, *Anthracothorax nigricollis*, os pobres; e os policolores, *Florisuga mellivora*, dizem que o próximo hóspede é socialmente poderoso com ou sem amplos recursos financeiros. O beija-flor não beija flor nenhuma nem chupa mel e sim cata insetos nas corolas. Sua figura no folclore é rica e multiforme. No Norte da Argentina, é o arauto das visitas, como no Brasil. Os indígenas diziam-no mensageiro da outra vida. A rapidez fulgurante da avezinha dava a impressão da distância incrível facilmente percorrida. O tamanho minúsculo indicava-o para a função especial do enviado que por toda a parte encontraria passagem. É atrevido e brigão. Parte, silvando de ira, contra aves muitas vezes maiores. Numa estória amazônica, que Barbosa Rodrigues recolheu, o beija-flor desafiou o amigo manguari, o manguari que não dorme, para um voo de resistência. O manguari aceitou a peleja, deixou-o partir como um raio e voou depois, lento e seguro nas grandes asas atroadoras. Quando chegou ao meio do rio, encontrou o beija-flor boiando. Cansara e pedia socorro. Se passou até a margem foi porque o manguari, apiedado, trouxe-o pendurado como um badulaque.

Esses beija-flores, *Trochilideos*, colibris, transformam-se em mariposas ou borboletas na fiel crença popular. O Padre Simão de Vasconcelos em 1663 dava depoimento firme e valioso: "Esta avezinha, suposto que fomente seus ovos e deles nasce, é coisa certa que é produzida muitas de borboletas. Sou testemunha que vi com meus olhos uma delas, meio ave e meio borboleta, como ia se aperfeiçoando debaixo da folha de uma latada, até tomar vigor e voar" (*Crônica*, 1, I, 112). Essa mariposa nascida do beija-flor é, segundo Rodolfo von Ihering, a *Pholus lambruscae*.

O bem-te-vi, *Pitangus sulphuratus*, só sabe dizer o seu nome malicioso para avisar que alguém se aproxima dele. O bem-te-vi pequeno, *Pitangus lictor*, também possui mania idêntica e não é simpático porque tanto gritou *Bem te-vi! Bem-te-vi*! seguindo Nosso Senhor, na sua fuga para o Egito, que os soldados do Rei Herodes iam-no prendendo. Daí a pouca simpatia popular. É o tipo da ave brigona, atrevida, agredindo até gaviões. Tive a honra de estudá-la no meu *Canto de muro* (Rio de Janeiro, 1959).

O urubu, *Cathartes*, aparece nas estórias e nas superstições. Tem a fama que os corvos gozaram no tempo de Hesíodo. O sertanejo diz que *não é bom* avistarmos o urubu trepado na cumeeira da casa, asas abertas, secando ao sol. A espingarda que atira em urubu fica imprestável. O cano escorre água e a mira entorta de vez. A presença noticia a vizinhança da carniça. As almas que pecaram muito se podem tornar em urubus. Uma senhora de engenho, muito malvada, que vivia no Ceará-Mirim (Rio Grande do Norte), foi vista como um urubu, pousado tristemente perto do cemitério. Uma ex-escrava *invocou o espírito* e o urubu confessou que fora mesmo a senhora branca. Pedia missas e aconselhava tratar bem aos escravos.

Os indígenas do Rio Branco, em Uraricuera, contam que o urubu era branco. Nuá (Noé) mandou-o reconhecer se a terra estava enxuta depois do dilúvio. O urubu entreteve-se comendo peixe podre e brincando na lama. Ficou sujo e fedorento. Nuá condenou-o a conservar a cor e o mau cheiro que ainda hoje lhe restam. A lenda foi recolhida por Koch-Grunberg.

Noutras estórias ele está como personagem de primeiro plano. No conto etiológico em que o sapo ou jabuti assistem à Festa no Céu, é o urubu quem conduz o herói, sem saber ou sabendo, dentro da viola. Mas isto é outra estória, como diria Rudyard Kipling.

Ninguém come carne de urubu por maior que seja a fome, porque provoca a lepra. Árvore preferida para pouso de urubus perde as folhas. Ave amaldiçoada, quando morre não apodrece, seca e nem as formigas a querem.

Há uma família inteira que não merece relações de amizade. São as sisudas strix. Todas as corujas são da intimidade da Morte e se dão ao desplante de vir *rasgar mortalha* (Suindara, *Strix flammea perlata*), quando o defunto ainda está vivo, ou piar-lhe à porta numa cantiga que é um arrepio sinistro. As penas da coruja, molhadas no próprio sangue e enterradas na soleira da porta ou mourão da porteira do curral, afugentam fantasmas e anulam bruxarias.

O jucurutu, *Bubo megallanicus*, assombra até um cavalo de bronze. Quando silaba o seu canto sincopado, não há cabelo que fique quieto. Eriça-se como porco-espinho. Os tupis apontavam-no como pertencente a Jurupari, quando este foi identificado pelos jesuítas como entidade assombrosa e diabólica. O canto esfarela-se no ar com uma lentidão de uivo estrangulado: – Jurucutu... tuuuuuuu... tuuuuuuu! Pavor!

A acauã, *Falco cachinans*, é que é, falsa e verdadeiramente, possuidora de tradições terríficas. Muitas tribos amerabas respeitavam-na, porque devora as cobras que vai encontrando. É uma ave austera, cheia de gravidade e senso que faz gosto vê-la. Andando devagar e compassadamente como compete a um ente que tem direito ao culto dos homens, dá vontade de cumprimentá-la como a um desembargador antigo. O combate com a cobra lembra o embate do mirmilão com o rediário no circo romano. A acauã ataca e se abriga no escudo da asa destendida e pronta até que fisga a cabeça da cobra. E, adeus cobra! Os xipaias, indígenas do Pará, não caçam nem pescam ouvindo-lhe o grito premunitório. Tenho por justo e perfeito o crédito que gozava junto aos Orises no século XVIII. O canto da acauã provoca nas mulheres caboclas do Amazonas uma moléstia nervosa que consiste na repetição irresistível do canto, convulsa espasmodicamente. Diz-se que a mulher está *pegada pela acauã*. Semi-inconsciente, imita a ave, gemendo a toada melancólica, *uacauã... uacauã*, e terminando pela gargalhada estrídula e apavorante da acauã.

O bacurau, caprimulgida, o bacurau-mede-léguas, passa a noite pelos caminhos, olhos acesos como coivaras, contando as léguas numa medição gratuita e sem fim. No Sul, chamam-no também tabaco-bom, sebastião, tion-tion, e mesmo corujão. Parece ter havido uma lenda, desaparecida nos elementos essenciais, sobrevivendo a frase: *"É dizendo e bacurau escrevendo"*, significando a veracidade indiscutível da afirmativa. Sugere a ave agachada pela areia escrever com o bico? É amuleto. Pena de asa de bacurau cura dor de dente e algumas outras, dispostas entre a manta e a sela, fazem com que o cavalo não caia nem que salte rio cheio.

Surpresa é dizer-se que a lavadeira, *Arundinicola leucocephala*, a tiranida vista em toda a parte, esteja no *Índex* proibitório. Apesar de seus hábitos simples, de sua familiaridade, de suas visitas às calçadas e cozinhas, de seus saltos e reviravoltas, a lavadeira não é boa peça. Se lavou a roupa de Nosso Senhor foi o seu gesto único de bondade. Dá azar. Para anular seu inconsciente prestígio maléfico, quando lhe derem de comer, especialmente se for fiapos de carne verde, não lhe deem de beber. E vice-versa.

A peitica, *Tapera naevia*, não tem no Norte do Brasil a vastidão supersticiosa que goza no Sul e Região do Prata. É o mesmo sem-fim, o mesmíssimo Saci-Pererê que Lehmann-Nitsche identificou com o Crispim argentino. É ainda o matintaperera no Pará, o peixe-frito ou peito-ferido em Minas Gerais. No Nordeste a peitica é ave que dá quizila, irrita, aborrece sem ter lenda conhecida ao derredor. Peitica é aborrecimento, insistência, importunação. O ciclo do Saci-Pererê é um dos maiores do Brasil, não pela ave, mas pelo seu homônimo, o molequinho unípede, de carapuça vermelha, atordoador, travesso e mágico.

Em 1913 voltava eu da então Vila de Augusto Severo para a Fazenda Logradouro. Noite de luar. A estrada era margeada pelos capões de mato ralo onde subiam as oiticidas esgalhadas e os juazeiros ornamentais. Súbito, do sussurro dos grilos, saiu um lamento estranho, ululado, plangente, interminável. Um uivo quase humano de dor desesperada, de agonia terrível, sufocado, impressionante, inesquecível, rasgou a solidão enluarada. Ao meu olhar assombrado, o companheiro respondeu, num incontido tremor: – É a mãe-da-lua! A mãe-da-lua; anda-a-lua em Minas Gerais; chora-a-lua na Bahia; o urutau das superstições sul-americanas; o cacuí ou turaí na Argentina; o iudutau dos amerabas tupis, o *whip poor will* da Guiana Inglesa, é um caprimúlgida alvacento ou cinzento, com a imensa boca típica, hábitos noturnos que o fazem misterioso e aterrador. Fica imóvel num galho e passa a noite soltando aquela gargalhada fantástica que espalha o pavor. Não existe tradição local sobre a mãe-da-lua senão o medo instintivo que seu canto determina. A lenda única que pude recolher, variante da lenda geral sul-americana que Lehmann-Nitsche estudou, é que fora mulher extremamente amiga de festas. Deixou o marido, a quem adorava, doente e dançou toda a noite. Voltando, encontrou Paulo, o esposo, morto. Desesperada de remorsos e convulsa de arrependimento, soltou um grito feroz e transformou-se na mãe-da-lua. Até hoje chama *Paulo! Paulo!* e soluça uma risada de martírio. Canta sempre à noite, seja ou não de luar. Nessas últimas, seu canto parece mais longo e mais profundo de intenção trágica, partindo da mata escura.

Couto de Magalhães denominou-a *ave fantasma*. Para os guaranis é a indígena Nheambiú que virou ave depois da morte do seu noivo Quimbae. Os carajás dizem que ela foi a moça Imaerô que tomou a forma do urutau com ciúme de sua irmã Denaquê, que se casara com Taina-Can, a Estrela Vésper, tornado velho e alquebrado, e que pedira noiva e só Denaquê o aceitara. Quando Imaerô viu Tania-Can moço, forte, bonito, enlouqueceu de raiva e ficou sendo o Urutau lúgubre. Para os indígenas do Rio Buapé (Waupés), afluente do Rio Negro, foi o tuixaua Duiruna que se tornou urutau por ter sua mulher Ueundá se transformado em pacutinga (*Prochilodus*). Os tupinambás afirmavam que ela trazia notícia dos antepassados e não a matavam. Suas penas servem como preservativos contra a luxúria. Ao vir da puberdade, as moças indígenas assentavam-se sobre a pena retirada a um urutau. Para outras tribos o costume era varrer o chão com as penas da mãe-da-lua. Não veio ao Brasil a tradição de que essas aves tiram o leite das cabras, donde o nome científico europeu, *Caprimulgus*, munge-cabras, e a denominação popular inglesa de *goat-suckers*. Na Europa a crendice é viva de a *Caprimulgus europaeus* ter a habilidade de ordenhar cabras e servir-se habitualmente do leite. Do seu canto há o registro de Charles Waterton, que o ouviu na Guiana Inglesa: *"Its cry is so remarkable that, having once heard it, you will never forget it"*. Nem se concebe que seja um canto de ave: *"A stranger would never conceive it to be the cry of a bird"*.

No amazonas, um pássaro extraordinário é o tincuã, chamado mesmo *uira-pajé*, o pássaro-pajé, feiticeiro. O tincuã (*Cocculus cornutus ou Piaya cayana guianensis*, Cabanis & Heine) é a alma-do-gato ou a alma-do-caboclo, no Nordeste e Sul do País. O tincuã quando canta é porque alguma desgraça vai infalivelmente acontecer. Inundações, incêndios, ataques predatórios, raptos, secas, ausência de caça, falta de peixe, mortes, perda de safras, ocorrem. No Nordeste a alma-de-gato não dirige esse cortejo fatídico. Apenas o sertanejo não gosta de ver o alma-de-gato. É um leve traço que denuncia a passada existência do mito ou complexo de receio.

No Amazonas, o tincuã era filho de um tuixaua (chefe) e foi jogado na água para que uma piraíba (*Brachyplatistoma filamentosum*, Licht) o devorasse. Noutra versão, é o filho do tuixaua que nasce encantado e tem a pele riscada. O pai levou-o e escondeu-o na barriga da piraíba. Daí em diante o rio ficou misterioso. Era preciso sacrificar uma criança para obter-se pescado. Aconselhado pelos pajés (médicos, conselheiros, feiticeiros), os indígenas fizeram uma corda com cabelo feminino e pescaram a piraíba. Os pajés haviam dito que não deixassem voar um pássaro que estava dentro do peixe. Os pescadores, no afã da pesca, não puderam segurar o pássaro que escapou e cantou, alto: *Tincuã*! *Tincuã*! Imediatamente o céu ficou escuro. A terra tremeu. O lago secou. Toda a gente morreu. Só ficou o pássaro encantado, cantando: *Tincuã*! *Tincuã*! (Barbosa Rodrigues, *Porandura*).

De toda a avifauna amazônica a mais prestigiosa influência possui o uirapuru, irapuru, que não atino classificá-lo na confusão dos modelos apresentados por Emílio Goeldi, Rodolfo von Ihering, Emília Snethlage. Equivale em poder propiciatório ao caburei (*Glaucidium ferox*) na Argentina. É uma ave pequenina, escura e de aspecto insignificante. Tem uma escala musical de cinco notas, nalguns depoimentos. Canta rapidamente e todas as aves cercam o uirapuru para ouvi-lo. Nenhuma outra interrompe a sedução do canto enebriante.

Gastão Cruls, que o ouviu em 1928 no Erepecuru, depõe: "Era um gênio da floresta a soprar por flauta mágica e da qual obtinha as mais incríveis melodias". Couto de Magalhães indicou o uirapuru como o deus protetor das aves, notícia que não deparei noutra fonte. É um amuleto irresistível para o amor, negócios, caça, pesca, jogo. Guardam-no nos cofres-fortes ou trazem-no pendurado à cinta, no bolso, resguardado num saquinho de seda. Quem possui um uirapuru é feliz em tudo quanto desejar. Não há dificuldades que resistam ao uirapuru. Para isso é indispensável que seja convenientemente preparado pelo pajé. Não agindo, a culpa foi do preparo inadequado ou falso. Ausência da competência técnica na elaboração do amuleto. Só pode ser caçado de flecha. A posição em que cair no solo determina o destino da utilidade. Ficando com as patinhas para cima será para mulheres. Caindo de papo para baixo, pertencerá aos homens. O pajé tem processos secretos e especiais para "preparar" o uirapuru. Preparado, fica reduzido a uns dez ou mais curtos centímetros, quase negro pela fumaça, escurecido pela curuaruicica e avermelhado pelo carajuru, além das deformações a que o pajé o sujeitou. Dizem que o uirapuru falsificado é mais abundante que o verdadeiro. Explicação de sua ineficácia funcional. Daí o amuleto falhar. Não há reminiscência alguma do uirapuru fora do Amazonas nem mesmo trazidas pelos nordestinos de torna-viagem dos seringais e não conheço lendas amazônicas sobre ele.

Sua virtude específica é proteger, depois de morto, jogadores, traficantes, contrabandistas conquistadores.

Triste destino da ave doce e melodiosa. O primeiro naturalista a registrar musicalmente o canto do uirapuru foi Richard Spruce, em 1848, nas margens do Rio Trombetas. Comparou-o com uma caixinha de música, *tune-playing-bird*.

O pica-pau (Picídeos) não trouxe para os afins brasileiros sua fama altissonante europeia onde antecedeu a Júpiter no governo do mundo (J. Rendal-Harris, *Picus who is also Zeus*, Cambridge, 1916). Corre a fama da *folha do pica-pau*, com que liberta os filhos quando aprisionados e quem a consegue tem um talismã invencível. No Rio Grande do Sul, o pica-pau é de mau agouro. Quem possua um cancão (*Cyanocorax cyanoleucus*), quem-quem, piom-piom, não sofrerá de *puxado*, asma.

O pitiguari (*Cyclarhis cearensis guyanensis*, Baird) canta avisando visitas: *Olha o caminho que vem gente!* (Pernambuco); *Gente de fora vem!* (Bahia); *Olha pro caminho que já vem!* (Rio Grande do Norte). Mário Melo (1884-1959) dizia-me terem feito em Pernambuco do pitiguari uma sentinela para avisar da proximidade das visitas e evitar tentativa de raptos de moças. Quando o peru anda com as asas baixas, caídas, arrastando no chão, é mau sinal e convém transformá-lo em assado, antes que continue *chamando mortalha*. Os periquitos-australianos, lindos, dão o maior *atraso* do mundo. Vá vê-los na casa alheia. Graúnas (*Cassidiz oryzivora*, Gm) e canários (*Sicalis*) dão sorte, legítimas *mascotes* na avifauna. Quem cria papagaio não cresce *no ter*.

Nas tradições dos pescadores e marinheiros, há muitas aves que prenunciam tempestade e bom tempo. Uma delas é o palmípede procelária, alma-de-leste ou alma-de-mestre (*Thalassidroma wilsoni*), alcião. Voando para o mar, é sinal de bom tempo. Voando para a terra, traz borrasca, na certa. Os jangadeiros dizem que é o *espírito* de um velho mestre de barcaça, vivendo naquele corpo, dando aviso aos companheiros do tempo de agora. Outrora voltavam à praia encontrando a alma-do-mestre no caminho da costa. *O tempo estava se armando lá fora*. Na Baía de Guanabara, as gaivotas voando baixo, à flor da água, dizem que o tempo está firme. Voando alto, em rodopios, chuva de vento.

Nesses assuntos, como dizia o Padre Antônio Vieira, não louvo nem censuro; pasmo com as turbas...

54

HURRA!

O povo não diz *hurra*! como uma manifestação de alegria. Grita *viva*!, que é a antiquíssima expressão jubilosa. Formula em voz alta a perenidade da saúde do homenageado, que viva, exista, esteja!

Era a saudação oficial nas Marinhas de Guerra, notadamente em Espanha, Portugal e França. E também no Exército dos dois primeiros países. Viva El-Rei! comandavam diante dos regimentos concentrados nas paradas, provocando a unanimidade da resposta fervorosa. *Vive l'Empereur*! No Brasil, durante o Império, os *vivas* eram protocolares, erguidos pelos presidentes de Província em hora comemorativa, para que o povo respondesse: "Viva a Religião Católica, Apostólica, Romana! Viva Sua Majestade, o Imperador! Viva a Constituição do Império!" Os três vivas indispensáveis. E nos casamentos do interior, o sonoroso: "Vivam os Noivos! Senhores!...".

As ovações da etiqueta tornaram-se mais conhecidas e habituais quando o Príncipe Regente D. João veio para o Brasil. O Padre Perereca (Luís Gonçalves dos Santos, 1767-1844), nas suas preciosas *Memórias para servir à História do Brasil* (Rio de Janeiro, 1825), registra o aparecimento. Quando D. João chegou ao Rio de Janeiro, 8 de março de 1808, desembarcou "por entre vivas, que os respectivos marinheiros, pastos em parada sobre as vergas, davam em altos gritos". Semelhantemente para as tropas do Exército: "À medida que este augusto senhor ia passando pela frente de cada um dos regimentos, levantavam os seus comandantes a voz, dando por três vezes os vivas a Sua Alteza, a que os soldados e o imenso povo respondiam com o maior entusiasmo e contentamento. Os marinheiros postos em parada sobre as vergas deram repetidos vivas a El-Rei Nosso Senhor à sua chegada. O tenente general mandou tirar as barretinas, e em altas vozes disse por três vezes: 'Viva El-Rei!'".

Era assim o estilo que se prolongou por todo o Império e as primeiras décadas da República.

A Marinha inglesa, desde princípios do século XIX, usou bradar *Hurra!* empoleirados os marujos nas vergas. Esse costume foi a sugestão irresistível para que as outras Marinhas de Guerra incluíssem no cerimonial. Quase todas as armadas saúdam o pavilhão e visitas de supremas autoridades com os *hurras* da pragmática.

No *Dicionário técnico da Marinha* (Rio de Janeiro, 1947) registra-se: *o mesmo que "viva".* É realmente essa a intenção, mas *hurra* significa justamente o contrário.

É uma imprecação de guerra. Um incitamento ao massacre.

É o imperativo do verbo turco *urranack,* valendo *mata! mata!*

Os janízaros quando desfilavam diante do sultão soltavam esses *hurra! hurra!* como voto de bravura nos próximos encontros belicosos. Os russos adotaram-no como grito de carga nas batalhas e por intermédio desses, os ingleses o trouxeram para sua Marinha de Guerra, popularizando-o pela Europa inteira. Assim os russos que entraram em Paris depois de Waterloo bradavam os *hurras* vitoriosos. Alguns regimentos alemães gritavam *hurra* quando carregavam a baioneta. Alemão *hurra,* russo *ura,* inglês *hurrah,* mas a fonte é turca, o grito bárbaro da excitação janízara.

Em vez do *hurra* significar *Viva!* vale dizer *mata! mata!*

O *Nuevo diccionario de la lengua castellana* (Madri, 1870) informava: "*Grito de alegría que lanzan los marineros ingleses. De alarma y entusiasmo bélico que las tropas rusas suelen dar al entrar em batalla*".

A interpretação oficial é a da Marinha inglesa que, intimamente, dizia o desejo valente de destruir o inimigo e não saudar a vida de alguém. Popularizou-se durante o século XIX. Diz-se na Espanha, como enunciação cordial: *Hurra sea, feliz será quien lo vea!*

No Brasil jamais alcançou a compreensão do povo. Aparece na sociedade mediana, letrada, sabedora de usos mais gerais e menos tradicionais. Nos *coretos,* canções de beber em Minas Gerais, cita-se o *hip-hurrah* com frequência, mas Manuel Querino, que tão bem evocou o folclore da Bahia, não menciona o *hurra* nas festas e jantares populares.

Melo Morais Filho (*Festas e tradições populares do Brasil*), descrevendo um *Casamento na Roça,* entre 1878-1880, faz os convivas gritarem o *hip... hip... hurrah!* que, *data venia,* julgo bem pouco possível. Nunca ouvi um *hurra* numa festa popular em qualquer recanto do Brasil. É preciso que o ambiente pertença a uma classe mais elevada.

O grito usual de saudações é o histórico, comum e regular: – *Viva!... Viva* e não *hurra,* que quer dizer *morra!...*

55

Tirar o roço e baixar a trunfa

Diz-se *roço* no Nordeste valendo ostentação vaidosa, alarde destemoroso, exibição de força dispensável. É a saliência que fica nas pedras de calçamento e são reajustadas pelo atrito, dando-lhes a unidade niveladora. Assim, *tirar o roço* é fazer terminar a empáfia orgulhosa, a presunção agressiva.

A trunfa era realmente um sinal visível da arrogância vulgar, mecha que descia, como um cacho pendente da cabeleira ou novelo emaranhado, erguido no alto da cabeça do famanaz, como um permanente desafio. Gustavo Barroso informou da quase universalidade do uso entre os profissionais da coragem, hindus, hunos, egípcios, árabes, amerabas norte-americanos, os nazarenos judeus etc. (*O sertão e o mundo*, Rio de Janeiro, 1923). A maioria desses exemplos referia-se a um cacho ou trança fina, como a *cadenette*, do lado esquerdo, usual no Exército francês sob Luís XIII e Luís XIV. Mesmo durante a Revolução os monarquistas ostentavam em Paris essas *tresses de cheveux* como distintivo político.

Os cangaceiros do velho tempo consideravam a trunfa como um apanágio de alto valor pessoal, sujas, empoeiradas mas úmidas de perfumes baratos, saqueados nas vilas. A moda estendeu-se às cidades e vilas do interior para os valentões de beco, travessa e feira. A repressão policial incluiu como processo inicial punitivo aliviar-lhes os topetes e trunfas, elementos legítimos naquela heráldica do crime. Os falsos heróis, de cabeça rapada, tinham realmente perdido os valiosos atributos da fama popular. *Baixou a trunfa, perdeu a trunfa*, dizia-se, aludindo às extintas glórias.

Perdeu o roço ou *baixou a trunfa* são coisas que o povo diz.

56

Urubu-rei come sozinho!

*E*m setembro de 1962, um *chauffeur* no Recife criticava um grande serviço federal, dizendo-o rico de fama e recursos e pobre de atos e obras. Rematou a catilinária, deixando-me no hotel, com uma imagem da nossa avifauna: "Aquilo é urubu-rei, só come sozinho!...".

Os Drs. Artur Neiva e Belisário Pena (*Viagem científica*, Rio de Janeiro, 1916) registram no sertão de Goiás, em 1912, uma observação esclarecedora do dito popular pernambucano.

"Em Goiás, além das espécies referidas, encontra-se com relativa frequência o *Gypagus papa*, L, e a respeito desta ave verificamos uma observação popular verdadeira; queremos referir-nos ao fato de os outros urubus fazerem carniça depois de o urubu-rei estar saciado. Certa vez encontramos uma rês morta e em volta enorme bando de urubus, pousados sobre as árvores próximas; como o lugar era desabitado, causou-nos estranheza o fato de o cadáver não ser atacado, apesar de observarmos que alguns urubus passeavam sobre o corpo do animal sem procurarem alimentar-se; um camarada advertiu-nos que isto se passava por estar próximo algum urubu-rei, e, na verdade, logo depois verificamos a presença de cinco destas aves pousadas na árvore mais elevada das cercanias e que impediam o ataque da rês por parte dos outros urubus".

O *Gypagus papa* come, aristocraticamente, isolado dos comparsas subalternos. Depois de farto e ausente é que a urubuzada humilde *toma chegada* para o ágape.

Não sei se justa a aplicação, mas certa fora a imagem sugerida. Jamais o chefe do serviço imaginaria haver provocado a comparação...

57

Notícia Folclórica do preá

O preá é um pequeno roedor da família dos Cavídeos, com muitas espécies, variando em tamanho e coloração do pelo. Também o chamam bengo e apereá. O mais popular é o *Cavia aperea*, cinza e vermelho-escuro. São animais vivos, inquietos, velozes. Caçam o preá nas grutas e locas onde *fazem cama*. Como vive roendo o que encontra, aproveitando tudo, o sertanejo apelida *preá* a quem gosta de festa sem querer gastar. *Quem come de graça é preá.*

>Minha gente venha ver
>A vidinha do preá.
>Metido nas macaxeiras,
>Comendo sem trabalhar!

Nas respostas populares a quem diz: "Que é que há?" – "Muito rato e pouco preá!". É a caça dos rapazes e meninos grandes iniciando-se nas andanças, pois o bichinho pode ser abatido com uma pedrada certeira. Jamais se enjeita o preá, embora não pertença ao ritmo dos alimentos habituais, mas, quando aparece, é sempre bem recebido. No *Diálogos das grandezas do Brasil*, V, 1618, já se mencionam os *apariás, que são excelentes para se comerem*. É popularíssimo pelo Nordeste. Como é fácil de matar e assar, diz-se: "Quem não quer esperar, come carne de preá". Grande comedor de jitirana (*Ipomoea*), sua predileção inspirou improvisadores:

No piso dum cantador
Sou preá por jitirana,
Sou pulga por cós de saia,
Sou mucuim por pestana,
Sou menino por palhaço,
Guaxinim por pé de cana!

Para evitar que os humildes e fracos chamem atenção sobre sua pessoa, diz o ditado: "Preá quando chia está chamando cobra!". "Quem descobre o preá é o chiado dele!"

58

Os motivos da gaita

No Rio Grande do Sul, gaita é sanfona e, no Rio Grande do Norte, é uma frauta de taboca com três orifícios. Pífano. O que chamam no Sul *gaita de beiço*, no Nordeste é *realejo de boca*.

Tem uma série de aplicações nas frases feitas, algumas de origem portuguesa e outras ampliadas ou elaboradas no Brasil. *Ir à gaita, dar à gaita, pôr na gaita* é perder, arruinar-se, esbanjar.

Em Portugal dizem *estar de gaita* por estar alegre. *Tocar a gaita*, embriagar-se. *Gaitada*, toque de gaita, é para nós e nos Açores e gargalhada estridente, sonora, ruidosa. Diz-se lá *tomar alguém com gaita*, enganar, vencer, persuadir com disfarces verbais. "Como se fez para com os bárbaros do litoral da África, para os escravizarem", informa o Dicionário de Frei Domingos Vieira (Lisboa, 1873).

É também coisa sem importância, objeto desvalioso, conversa monótona, palavreado inútil. O mesmo que *troço*.

O gaiteiro, jovial e folgazão, deu para nós o namorado fora de idade e razão, atrevido, inoportuno, crédulo, ridículo. "Velho gaiteiro não leva a terreiro!"; "De velho gaiteiro, o dinheiro!".

No Brasil, gaita é dinheiro. Se a imagem portuguesa é *estar de gaita* quem está alegre, entendem aqui que o dinheiro é a melhor explicação do júbilo, do contentamento pessoal. A causa pelo efeito. Nunca ouvi a gaita--dinheiro antes de 1930.

Devem ter convergido as frases relativas à frauta, *frautear*, zombar, não respeitar; *viver na frauta*, sem esforço, sem preocupar-se com o trabalho; *andar na frauta, no frauteio* etc., muito vulgares por todo o século XIX (Pereira da Costa, *Vocabulário pernambucano*, Recife, 1937).

Os dois instrumentos permitiam a sugestão. Apenas a gaita era mais humilde e devia ser mais próxima ao vocabulário que o povo diz.

59
Filho das ervas e filho da folha

O povo costuma denominar *filho das ervas* ou *filho da folha* a criança de pai incógnito. É o *apanhado no mato, achado no capim*, fruto do casamento na *igreja verde, filho das águas correntes*, sem origem paterna.

As expressões são ambas portuguesas e antiquíssimas, significando situações inteiramente diversas e sem nenhuma relação entre si.

O *filho das ervas* é mesmo o enjeitado, ilegítimo, bastardo.

O *filho da folha* era nome regular e normal para o serventuário que tinha sua inscrição nos livros de despesa nas repartições públicas. Constava o nome na lista oficial dos que deviam perceber vencimentos e assinar recibos. O povo zombava dizendo-o *filho da folha* porque era mantido por ela.

O Barão de Studart (*Datas e fatos para a história do Ceará*, Ceará Colônia, Fortaleza, 1896), no verbete referente a 25 de julho de 1740, escreve: "O Ouvidor Silva Pereira avisa ao Capitão-General Pereira Freire de ter feito o pagamento do Capitão-Mor Manuel Francês, dos padres da Companhia de Jesus, do atual Capitão-Mor (D. Francisco Ximenes de Aragão) *e mais filhos da folha*".

Essas ilustres autoridades não eram, sinonimamente, *filhos das ervas*, embora fossem *da folha*...

60

PAPA-JERIMUM

O norte-rio-grandense é denominado *papa-jerimum* (abóbora) porque dizem ter sido com essa cucurbitácea que pagavam aos funcionários da Capitania. Ainda hoje, o *papa-jerimum* não os produz suficientemente. Compra-os na Paraíba e Pernambuco. Jamais fora alimento característico.

Não seria assombro que tal ocorresse nos velhos bons tempos, pela escassez do numerário metálico e sua demora no envio das repartições competentes no Recife.

Na segunda metade do século XVIII, a moeda comum e corrente no Maranhão e Ceará era o novelo de algodão fiado. Em 1768, um alvará mandava pagar aos mestre-escolas em alqueires de farinha. Em dezembro de 1712, a Câmara da Vila de São José de Ribamar, no Ceará, queixava-se ao Rei de Portugal que o Capitão-Mor Francisco Duarte de Vasconcelos estava pagando em gêneros e não em dinheiro a infantaria do presídio. No Pará, a moeda era mais curiosa. Circulava o pacote de ovas de tainha e os serventuários públicos recebiam tantos pacotes como ordenados. Raimundo Morais (*Meu dicionário de coisas da Amazônia*, II, Rio de Janeiro, 1931) pergunta se não provirá daí o dizer-se *pacote* para o conto de réis, ou porção de dinheiro. O *papa-jerimum* nasceria na desastrada administração de Lopo Joaquim de Almeida Henriques, de 30 de agosto de 1802 a 19 de fevereiro de 1806, quando foi exonerado e mandado retirar imediatamente pelo Capitão-General de Pernambuco, Caetano Pinto de Miranda Montenegro.

Tudo quanto se sabe, documentadamente, é que Lopo Joaquim "mandou fazer roçados de mandioca pela tropa em lugares por onde hoje se estende a cidade, e plantações de melancia, de que tirava a parte do leão" (Gonçalves Dias). Não se fala em jerimum e menos ainda que o governador pagasse tropa e funcionários com os produtos de sua lavoura compulsória. Não há outra oportunidade para a criação da lenda e não existe um único documento oficial em que esse episódio seja mencionado. Nem se registra em qualquer outra fonte histórica. Puro folclore!...

A tradição oral, porém, guarda a origem desse mito nos finais do século XIX. Armou-o, com todas as peças hilariantes, o Dr. Joaquim Maria Carneiro Vilela (1848-1913), poeta, escritor, jornalista, e que em 1868 era juiz municipal em Natal. Temperamento inquieto, buliçoso, zangou-se com *luzias* (Liberais) e *saquaremas* (Conservadores), deixando a Província sem licença legal, desajustado e furioso. Houve mesmo uma pretensão matrimonial vetada pela família da futura noiva, irmã do Padre João Manuel de Carvalho, e que irritou profundamente a Carneiro Vilela. Montou a estória do jerimum, divulgando-a com a feitiçaria do seu estilo sedutor. Era uma mentira, mas deliciosamente contada no sabor de anedota. E a invenção pegou e viveu até hoje, como visgo em solado de sapato.

Tanto assim que Francisco Gomes da Rocha Fagundes (1827-1901), senador pelo Rio Grande do Norte em 1899, ouviu em pleno Senado a pilhéria do jerimum fiduciário.

O Senador Chico Gordo, como o chamavam, deu uma resposta feliz:
– Paga com jerimum, mas paga! E o Estado de V. Ex.a fica devendo!...

BIBLIOGRAFIA DE LUÍS DA CÂMARA CASCUDO*

1. *Alma Patrícia.* Natal, 1921.
2. *Histórias que o tempo leva...* São Paulo, 1924.
3. *Joio.* Natal, 1924.
4. *López do Paraguai.* Natal, 1927.
5. *O Conde D'Eu.* São Paulo, 1933.
6. *Viajando o sertão.* Natal, 1934.
7. *O mais antigo marco colonial do Brasil,* 1934.
8. *Intencionalidade no descobrimento do Brasil.* Natal, 1935.
9. *O homem americano e seus temas.* Natal, 1935.
10. *Em memória de Stradelli.* Manaus, 1936.
11. *Uma interpretação da Couvade.* São Paulo, 1936.
12. *Conversas sobre a hipoteca.* São Paulo, 1936.
13. *Os índios conheciam a propriedade privada.* São Paulo, 1936.
14. *O brasão holandês do Rio Grande do Norte*, 1936.
15. *Notas para a história do Atheneu.* Natal, 1937.
16. *O Marquês de Olinda e o seu tempo.* São Paulo, 1938.
17. *O Doutor Barata.* Bahia, 1938.
18. *Peixes no idioma tupi.* Rio de Janeiro, 1938.
19. *Vaqueiros e cantadores.* Porto Alegre, 1939.
20. *Governo do Rio Grande do Norte.* Natal, 1939.
21. *Informação de história e etnografia.* Recife, 1940.
22. *O nome "Potiguar".* Natal, 1940.
23. *O povo do Rio Grande do Norte.* Natal, 1940.
24. *As lendas de Estremoz.* Natal, 1940.
25. *Fanáticos da Serra de João do Vale.* Natal, 1941.
26. *O presidente parrudo.* Natal, 1941.
27. *Seis mitos gaúchos.* Porto Alegre, 1942.

28. *Sociedade brasileira de folclore*, 1942.
29. *Lições etnográficas das "Cartas Chilenas"*. São Paulo, 1943.
30. *Antologia do folclore brasileiro*. São Paulo, 1944.
31. *Os melhores contos populares de Portugal*. Rio de Janeiro, 1944.
32. *Lendas brasileiras*. Rio de Janeiro, 1945.
33. *Contos tradicionais do Brasil*. Rio de Janeiro, 1946.
34. *História da Cidade do Natal*. Natal, 1947.
35. *Geografia dos mitos brasileiros*. Rio de Janeiro, 1947.
36. *Simultaneidade de ciclos temáticos afro-brasileiros*. Porto, 1948.
37. *Tricentenário de Guararapes*. Recife, 1949.
38. *Gorgoncion – Estudo sobre amuletos*. Madrid, 1949.
39. *Consultando São João*. Natal, 1949.
40. *Ermete Mell'Acaia e la consulta degli oracoli*. Nápoles, 1949.
41. *Os holandeses no Rio Grande do Norte*. Natal, 1949.
42. *Geografia do Brasil holandês*. Rio de Janeiro, 1949.
43. *O folclore nos autos camponeanos*. Natal, 1950.
44. *Custódias com campainhas*. Porto, 1951.
45. *Conversa sobre Direito Internacional Público*. Natal, 1951.
46. *Os velhos estremezes circenses*. Porto, 1951.
47. *Atirei um limão verde*. Porto, 1951.
48. *Meleagro – Pesquisa sobre a magia branca no Brasil*. Rio de Janeiro, 1951.
49. *Anubis e outros ensaios*. Rio de Janeiro, 1951.
50. *Com D. Quixote no folclore brasileiro*. Rio de Janeiro, 1952.
51. *A mais antiga Igreja do Seridó*. Natal, 1952.
52. *O fogo de 40*. Natal, 1952.
53. *O poldrinho sertanejo e os filhos do Visir do Egipto*. Natal, 1952.
54. *Tradición de un cuento brasileño*. Caracas, 1952.
55. *Literatura oral*. Rio de Janeiro, 1952. (2ª edição 1978 com o título *Literatura oral no Brasil*)
56. *História da Imperatriz Porcina*. Lisboa, 1952.
57. *Em Sergipe D'El Rey*. Aracaju, 1953.
58. *Cinco livros do povo*. Rio de Janeiro, 1953.
59. *A origem da vaquejada do Nordeste brasileiro*. Porto, 1953.
60. *Alguns jogos infantis no Brasil*. Porto, 1953.
61. *Casa dos surdos*. Madrid, 1953.

62. *Contos de encantamento,* 1954.
63. *Contos exemplares,* 1954.
64. *No tempo em que os bichos falavam,* 1954.
65. *Dicionário do folclore brasileiro.* Rio de Janeiro, 1954.
66. *História de um homem.* Natal, 1954.
67. *Antologia de Pedro Velho.* Natal, 1954.
68. *Comendo formigas.* Rio de Janeiro, 1954.
69. *Os velhos caminhos do Nordeste.* Natal, 1954.
70. *Cinco temas do heptameron na literatura oral.* Porto, 1954.
71. *Pereira da Costa, folclorista.* Recife, 1954.
72. *Lembrando segundo Wanderley.* Natal, 1955.
73. *Notas sobre a Paróquia de Nova Cruz.* Natal, 1955.
74. *Leges et consuetudines nos costumes nordestinos.* La Habana, 1955.
75. *Paróquias do Rio Grande do Norte.* Natal, 1955.
76. *História do Rio Grande do Norte.* Rio de Janeiro, 1955.
77. *Notas e documentos para a história de Mossoró.* Natal, 1955.
78. *História do Município de Sant'Ana do Matos.* Natal, 1955.
79. *Trinta estórias brasileiras.* Porto, 1955.
80. *Função dos arquivos.* Recife, 1956.
81. *Vida de Pedro Velho.* Natal, 1956.
82. *Comadre e compadre.* Porto, 1956.
83. *Tradições populares da pecuária nordestina.* Rio de Janeiro, 1956.
84. *Jangada.* Rio de Janeiro, 1957.
85. *Jangadeiros.* Rio de Janeiro, 1957.
86. *Superstições e costumes.* Rio de Janeiro, 1958.
87. *Universidade e civilização.* Natal, 1959.
88. *Canto de muro.* Rio de Janeiro, 1959.
89. *Rede de dormir.* Rio de Janeiro, 1959.
90. *A família do padre Miguelinho.* Natal, 1960.
91. *A noiva de Arraiolos.* Madrid, 1960.
92. *Temas do Mireio no folclore de Portugal e Brasil.* Lisboa, 1960.
93. *Conceito sociológico do vizinho.* Porto, 1960.
94. *Breve notícia do Palácio da Esperança,* 1961.
95. *Ateneu norte-rio-grandense,* 1961.
96. *Etnografia e Direito.* Natal, 1961.

97. *Vida breve de Auta de Sousa*. Recife, 1961.
98. *Grande fabulário de Portugal e Brasil*. Lisboa, 1961.
99. *Dante Alighieri e a tradição popular no Brasil*. Porto Alegre, 1963.
100. *Cozinha africana no Brasil*. Luanda, 1964.
101. *Motivos da literatura oral da França no Brasil*. Recife, 1964.
102. *Made in África*. Rio de Janeiro, 1965.
103. *Dois ensaios de história* (A intencionalidade do descobrimento do Brasil. O mais antigo marco de posse). Natal, 1965.
104. *Nosso amigo Castriciano*. Recife, 1965.
105. *História da República no Rio Grande do Norte*, 1965.
106. *Prelúdio e fuga*. Natal.
107. *Voz de Nessus* (Inicial de um Dicionário Brasileiro de Superstições). Paraíba, 1966.
108. *A vaquejada nordestina e sua origem*. Recife, 1966.
109. *Flor de romances trágicos*. Rio de Janeiro, 1966.
110. *Mouros, franceses e judeus* (Três presenças no Brasil). Rio de Janeiro, 1967.
111. *Jerônimo Rosado (1861-1930)*: Uma ação brasileira na província, 1967.
112. *Folclore no Brasil*. Natal, 1967.
113. *História da alimentação no Brasil* (Pesquisas e notas) – 2 vols. São Paulo, 1967 e 1968.
114. *Nomes da Terra* (História, Geografia e Toponímia do Rio Grande do Norte). Natal, 1968.
115. *O tempo e eu* (Confidências e proposições). Natal, 1968.
116. *Prelúdio da cachaça* (Etnografia, História e Sociologia da Aguardente do Brasil). Rio de Janeiro, 1968.
117. *Coisas que o povo diz*. Rio de Janeiro, 1968.
118. *Gente viva*. Recife, 1970.
119. *Locuções tradicionais no Brasil*. Recife, 1970.
120. *Sociologia do açúcar* (Pesquisa e dedução). Rio de Janeiro, 1971.
121. *Tradição, ciência do povo* (Pesquisa na Cultura popular do Brasil). São Paulo, 1971.
122. *Civilização e cultura*. Rio de Janeiro, 1972.
123. *Seleta* (Organização, estudos e notas do Professor Américo de Oliveira Costa). Rio de Janeiro, 1973.
124. *História dos nossos gestos* (Uma pesquisa mímica no Brasil). São Paulo, 1976.

125. *O príncipe Maximiliano no Brasil.* Rio de Janeiro, 1977.
126. *Mouros e judeus na tradição popular do Brasil.* Recife, 1978.
127. *Superstição no Brasil.* Belo Horizonte, 1985.

---

* Esta bibliografia foi elaborada tendo por base a monumental obra da escritora Zila Mamede: *Luís da Câmara Cascudo:* 50 anos de vida intelectual – 1918/1968 – Bibliografia Anotada. Natal, 1970. A data é somente da 1ª edição (NE).

Obras de Luís da Câmara Cascudo
Publicadas pela Global Editora

Contos tradicionais do Brasil
Mouros, franceses e judeus – três presenças no Brasil
Made in Africa
Superstição no Brasil
Antologia do folclore brasileiro — v. 1
Antologia do folclore brasileiro — v. 2
Dicionário do folclore brasileiro
Lendas brasileiras
Geografia dos mitos brasileiros
Jangada – uma pesquisa etnográfica
Rede de dormir – uma pesquisa etnográfica
História da alimentação no Brasil
História dos nossos gestos
Locuções tradicionais no Brasil
Civilização e cultura
Vaqueiros e cantadores
Literatura oral no Brasil
Prelúdio da cachaça
Canto de muro
Antologia da alimentação no Brasil
Coisas que o povo diz
Câmara Cascudo e Mário de Andrade – Cartas 1924-1944*
Prelúdio e fuga do real*
Religião no povo*
Viajando o sertão*

* Prelo

Obras Juvenis

Contos tradicionais do Brasil para jovens
Lendas brasileiras para jovens

Obras Infantis

Coleção Contos de Encantamento

A princesa de Bambuluá
Couro de piolho
Maria Gomes
O marido da Mãe D'Água e *A princesa e o gigante*
O papagaio real

Coleção Contos Populares Divertidos

Facécias

Impressão e Acabamento